団塊オヤジのパーキンソン病体験記

パーキンソン病は怖くない

外山貞文

まえがき

団塊オヤジは一九四七年二月七日に生まれ、戦後生まれのいわゆる団塊世代です。干支はイノシシ（野猪）であり、イノシシのように猪突猛進、直情怪行、短気で怒りっぽい気性は今も変わらない。

昭和の高度成長時代、その後の安定成長期をエコノミックアニマルとか、猛烈社員とか言われながらもがむしゃらに働いた。

そしてサラリーマンレースの第三コーナーまでは順調な人生であった。ところが転職を境に、働き盛りの五〇歳の時にパーキンソン病を発症し、五四歳でリタイヤした。従って団塊オヤジには定年祝いも還暦祝いもなく、パーキンソン病と闘いながら、尻切れトンボの尾を継ぎ接ぎして暮す凡人です。

既に満六九歳になった。古希（七〇歳）も間近であり、私が死んだ後に何が残るか？と自問した。借金も貯金も無い、あるのは自宅と長男家族が住む小さな中古住宅だけである。

妻や四人の子供達から、「お父さんが死んでも何も残さなかったね」と言われたくない。トラは死んで皮を残す、私は死んで何を残すか？　と自問した。

二階の本棚を覗いたら、七年前に自費で一二〇冊ほど印刷製本し、それまで世話になった友人知人や親戚の方などにお配りした自伝『団塊オヤジ一代記』が数冊本棚に残っていた。

誕生からパーキンソン病発病までの五〇年の生きた「証」は、前書の原稿を加筆修正すれば使える。五〇歳の発病から現在までのおよそ二〇年間を、パーキンソン病との闘病体験記として書き加えれば、一冊の本になると思った。

そして原稿を書き始めて五か月間、ほぼ毎日早朝に起床して、一日六〜八時間をかけて原稿が完成し、出来上がったのが、本書『団塊オヤジのパーキンソン病体験記』です。

パーキンソン病は、五〇歳代から六〇歳前後で発病し、年を経るごとに病状が進行し、徐々に身体が動かなくなり、発病後一〇年前後で車椅子生活になってしまう進行性の難病です。

発症率は千人に一人、六五歳以上では五百人に一人、日本全国での患者数は五〜一〇万人もいると推定されており、これからも高齢化が進む中で患者数は増えていくと予測される。
私のおよそ二〇年間のパーキンソン病との闘病体験が、パーキンソン病で苦しんでいる患者さんや、そのご家族、友人の皆さんのお役にたてればと思い、本書を出版することになった。ご一読頂ければ幸いである。

二〇一六年五月一日

序文　外山さんに心から拍手を贈る

井上　重喜

「パーキンソン病」—まだ完治不能の難病と言われている。このパーキンソン病と二十年近く上手に付き合いながら、何時も明るく、前向きに生き続けている高齢者がいる。私の誇るべき真友「外山貞文《とやまさだゆき》」さんである。

外山さんとの付き合いは、もう三十八年に及ぶ。ヤマハシンガポールの会社立ち上げで苦楽を共にし、青春の情熱をぶつけ合ったり、お互いに助け合ったりしたこともある。今でも月に一度は会って他愛ない話をしたりする仲である。

このたび外山さんが、一冊の本を上梓されることになった。『団塊オヤジのパーキンソン病体験記　パーキンソン病は怖くない』というタイトルの本である。外山さんの日頃の生き様を見ていると、なるほどと頷ける。外山さんだから書ける、いや外山さんにしか書けないタイトルだと思う。

外山さんは七年前に自伝『団塊オヤジ一代記』と言う本を出版された。ご自身の半生に亘る生き様を子孫に残したいとの思いからであった。

外山さんが、団塊世代の代表的モーレツ社員として、粉骨砕身働き企業戦士として日本の高度成長期を支えてきた様子、更には敬愛するお父様の「鶏口となるとも、牛後となる無かれ」の教えを実現すべく、将来の独立・起業を夢見て、業務に励む傍ら猛烈に勉学に励み、難関と言われた「中小企業診断士」や「社会保険労務士」の国家資格を取得し、いよいよ念願の独立へと一歩を踏み出した矢先、突然不治の病と言われる「パーキンソン病」を患い、五十代半ばで全ての仕事からリタイアー。独立・起業の夢を断念せざるを得なかったが、持ち前のバイタリティと、前向き志向によって、パーキンソン病と戦いながら、ひたすら明るく、楽しく、元気に過ごす様子が、生き生きと鮮明に描かれ、感銘を受けたのがつい先日であったようにも思える。

今回七十歳を前にして、上梓を決意されたのは、パーキンソン病で、日々悩み苦しまれている患者が日本で数万人いることを知り、自分が役に立つことは何かと考え、自身の闘病の体験、治療の経験、特に画期的な治療効果をもたらした「脳深部刺激（DBS）手術」の実態を詳しく紹介すると同時に、日常生活の過ごし方、趣味、交遊関係、物事の考え方などが、同じ病気に悩まれている多くの患者やその身内の方々の参考になればと一念発起、毎朝四時に起きて執筆されたと聞いた。

外山さんの文章には一切の加飾がない、自分の思った事、感じた事、事実をありのままに表現し、実に歯切れが良く、痛快でもある。

猛烈に勉学し、念願の独立・起業の一歩手前で、突然の疾患により、断念せざるを得なかった外山さんの心中の無念さ、悔しさは如何程であったか、友として想像に難くはない。

しかし外山さん本人の口からは、一言の恨み言も、愚痴も一切聞いた事がない。何かが出来なくとも決して病気の責にしない、実に見事で、感嘆する他はない。

外山さんはあとがきに、「私の人生は特別に恵まれていたと思うのである。浜名湖と言う風光明媚で自然豊かな環境に育ち、良い会社と仕事、良い友や家族に恵まれ、本当に自分は幸せ者だ」と述べられている。難病を患いながらもこの心境は、実に見事な生き様と言う他はない。

本書は決して著名人の書いた本ではない。しかし外山さんの明るく前向きな生き様は、平凡ながら、真面目に一生懸命生きる人々や、病気や障害と必死に戦いながら生きようとする人々にとって、真に勇気付けられる珠玉の一遍といっても過言ではないと思う。

一人でも多くの人が、本書によって、生きる喜びと勇気を得られるならば、筆者として望外の喜びであろう。我が誇る真友、外山貞文さんに心から拍手を贈りたい。

（平成二十八年六月三十日）

目次

第三章　ヤマハへ入社して……61

第一章　団塊オヤジのパーキンソン病

一　パーキンソン病の発症

三一年余り勤務した地元浜松のヤマハ㈱から、名古屋に本社があるM社へ転職し、台湾子会社へ単身赴任した年（一九九六年）の年末だった。それまで毎年一〇〇枚程度の年賀状を手書きしていたが、いつものように書けないので、日本へ残した妻や子供達に年賀状を代筆してもらった。

その後右手指先の動きの異常さは、徐々に右手首、右足へと広がり、やがて歯磨きもし難くなってきた。私の歩行状態を見た友人からは、「右足をどうかしたの？」と言われるようになった。

台湾赴任当初は、M本社へ業務報告のために、月に一度日本へ帰国していたので、翌年（一九九七年）の春の帰国時に、浜松の三か所の著名な病院で診察や脳の精密検査（ＭＲＩやＣＴ検査）を受けたが、病名は分からず「異常なし」という診断結果だった。

赴任当時の台湾子会社は、開業後一年半しか経っておらず、内部には問題が山積みしており、仕事は超多忙でヤマハ（株）時代の二倍は働いたと思う。

ストレスも多く、右半身の症状は徐々に進行し、右手の動きはますます鈍くなり、書類も書き辛くなってきた。

一九九七年の秋の帰国時に、友人の紹介で浜松市のＹ神経内科医院で診察を受けた。

Ｙ先生は私との問診で、私の症状を詳しく聞いた後に、両手足の関節部を手で曲げたり伸ばしたりした後に、「椅子から立って歩いてください」と言われ、私は診察室内を一回りした。先生は私の関節部の動きと歩行状態を注意深く観察し、即座に「パーキンソン病です」と診断した。

そしてその日からピンク色の錠剤の「イージードパール錠一〇〇ｍｇ」を毎食後一錠飲むことになった。

当時の私は五〇才、「パーキンソン病」と言う病名は初めて聞いたので、どんな病気かを調べるために、帰途に近くのＹ書店に立ち寄った。

そこでパーキンソン病が、完治不能の進行性の難病で、一般的には発病後一〇年前後で歩けなくなり、車椅子生活になってしまい、やがて寝たきりになってしまう病気で、寿命には影響がないが、不治の病気と知った。

テレビで見たボクサーの元世界チャンピオンのモハメド・アリが患っている病気だと知り、全身から力が抜け落ちて、目の前が真っ暗になるほどのショックを受けた。

そして台湾へ帰任後は、単身赴任による食生活の乱れや、激務、ストレス、疲労などが病の進行を早めたのだろう。

台北市立病院への通院、漢方薬や中国の薬草類の飲用、整体等のあらゆる治療を試みたが症状の進行を止めることはできなかった。

そして一九九九年末に退職を決意し、四年間の台湾勤務を終えて、二〇〇〇年六月三〇日に日本へ帰国し、M社を退職した。

M社を退職後は、失業手当や傷病手当金、在職中に取得した「中小企業診断士」と「社会保険労務士」の資格を生かしての経営コンサルタント料や顧問料で、何とか食いつなぎながら、あらゆる薬物治療や、針灸治療などを試みたが、P病の進行は止めることが出来ず、五〇代の後半は、年々ドーパミン補給薬が効かなくなり、やがて首から両肩まで固縮が進み、歩行は前かがみになり、一〇~二〇分ごとに休まないと歩けなくなった。

車椅子の生活を覚悟し、失意のどん底に陥った。そして苦学して取得した社会保険労務士と中小企業診断士の登録抹消の手続きをしたのもこの頃だった。

二　パーキンソン病はどんな病気

パーキンソン病は、脳内のドーパミンという神経伝達物質が減少し、徐々に運動機能が障害されていく進行性の神経疾患です。

進行の速さは様々だが、多くの人は年単位で症状がゆっくり進行し、仕事も日常生活も徐々に制限されていく。そして十年、二十年という長い闘病生活の末に、最終的には、全く身体が動けなくなって寝たきりになってしまうというのが一般的な経過です。

長期にわたって病状が進行しながら、しだいに、動くことが出来なくなっていくのがパーキンソン病です。

パーキンソン病は脳に起因する病気ですが、重度の痴ほう症状が出ることはない。頭脳がしっかりしているだけに、病気を知れば知るほど、恐怖や葛藤も深刻なのです。

四〇歳代より若く発症する若年型パーキンソン病もあるが、ほとんどは五〇歳〜六〇歳代の、中年期から初老期にかけて発症し、発症頻度の高い神経の難病として知られています。また発症比率には男女差はない。

発症の原因はまだ解明されていないが、高齢化に伴って増加していることから、脳の老化による病気の一つと推定され、これからも高齢化が進むにつれてパーキンソン病の患者も一層増えることが予想されています。

ちなみに団塊オヤジは、五〇歳で発症し、闘病期間はおおよそ二十年になります。またパーキンソン病の症状は年単位でゆっくり進行して行くが、その進行速度は個人差が大きく、人によっては発症後一〇年以上もほとんど進行しないケースもある一方で、数年のうちに動けなくなってしまうケースもあります。

最近では有効な治療薬がいろいろ開発されて、一時的に症状を改善させたり、進行を遅らせたりすることが可能になってきたようです。

しかし神経細胞の変性や死滅を止める根治療法はありません。治療開始後五〜一〇年で薬の効きが悪くなり、一〇年以上で徐々に介助や介護が必要になってくるケースが平均的です。

昨今話題になっているｉＰＳ細胞を使った再生医療がパーキンソン病の治療に期待されていますが、実用までにもう一〇年はかかると言われている。

三　パーキンソン病の症状

パーキンソン病の主な症状には**「振戦」**と呼ばれる手足のふるえで、比較的初期から現れる症状や、筋肉が硬くなってこわばり、動作がしにくくなる**「筋固縮」**、動作が緩慢になって動きが遅くなり、やがて寝返りもできなくなる**「寡動・無動」**体のバランスがとれずに転倒しやすくなる**「姿勢反射障害」**の四大症状があり、この四大症状はパーキンソン病の診断で重要な指標になる。

ほかにパーキンソン病の患者に付随的にみられる症状には、便秘や排尿困難、尿失禁などに見られる「自律神経症」の症状や、うつ病などの精神症状があり、四大症状を含めたこれらの症状は「パーキンソニズム」と呼ばれている。以下に症状別に特徴を説明する。

◆一　振戦—手足のふるえ

ふるえはパーキンソン病ではなくても起こるが、パーキンソン病の振戦は、力を抜いてじっとしているときにふるえが起こり、ふるえを意識したり、体を動かしたりすると軽くなるのが特徴です。ふるえは睡眠中には止まりますが、パーキンソン病のふるえは、一秒間に五回程度で他のふるえに比べゆっくりである。

このふるえも最初は片方の手足に現れ、次に反対側に広がっていく。そして緊張したり、興奮したりするとひどくなる。

振戦が強くなるとコップを持っていてもガタガタとふるえ、唇や顎がふるえるようになる。

団塊オヤジの病友のＴＫさんは、典型的な振戦の症状でパーキンソン病と診断されて、団塊オヤジが右側の脳深部刺激（ＤＢＳ）手術を受けたのと同時期に両側の手術を受けて、八年後の現在も団塊オヤジの相棒として元気に浜名湖の釣りを楽しんでいます。

◆二　筋固縮―筋肉のこわばり

正常な人は手足の力を抜いた状態で関節を曲げ伸ばしても何も抵抗がない。医師がパーキンソン病の患者の手足を持って関節を伸ばそうとすると、筋肉が緊張しているので硬く感じられて、カクンカクンという断続的な抵抗が感じられる。これがパーキンソン病の「筋固縮」の特徴です。

筋固縮はパーキンソン病の比較的初期に現れる症状で、手足の関節のほかに、症状が進行すると、首の関節や肩の関節まで症状が広がる。

◆三　寡動・無動

筋固縮にともない体の動きが鈍くなり俊敏な動作ができなくなり、なにかをしようとしてもすぐには動けず、動き出すまでに時間がかかり、動作全体も緩慢になり、またいくつかの動作を組み合わせて行うことも苦手になり、最終的には寝返りもできなくなり、寝たきりになってしまう。

このほかに寡動・無動の症状には、歩行開始時に、最初の一歩が踏み出せなくなる「すくみ足」、そして歩き出すと、速足で小刻み走行となり、前方へ倒れる「小刻み突進走行」、まばたきが少なくなり表情が乏しくなる「仮面様顔貌」、低い声で早口になり、ボソボソとした話し方になる「単調言語」、身振り手振りが少なく小さくなる「同時運動の喪失」、書く文字が小さくなる「小字症」などがある。

◆四　姿勢反射障害

病状が進行すると、姿勢にも特徴が表れ、立っているときには背中を丸めて、ひじ、ひざを軽く曲げた前かがみの姿勢になる。身体を真っ直ぐに伸ばそうとすると、後ろに倒れやすくなる。正常な人は転びそうになると、無意識に手を大きく動かし、体のバランスを取り、立ち直ろうとする。しかし、パーキンソン病の患者は、瞬時に手を動かしバランスをとることができないために、前方や後方から押されると簡単に「転倒」する。

このように姿勢の立て直しができなくなる症状を「姿勢反射障害」と言う。

歩行中も前かがみの姿勢は変わらない。足が高く上がらず、すり足となり、速足で歩幅が小さい「小刻み走行」となる。そして歩き始めの第一歩が出にくくなる「すくみ足」、歩き出すと今度は停止や、方向転換することがうまくできなくなり前方に転倒しやすくなる。

◆五　自律神経障害

人間の内臓の諸器官は、自律神経によって無意識のうちに調節されている。パーキンソン病になると、この自律神経の働きが障害され、様々な症状が出てくる。

胃腸の働きの低下に伴う「便秘」、自律神経による血圧調整が障害されて、立ち上がった瞬間に血圧が急激に低下し、立らくらみを起こす「起立性低血圧」、またパーキンソン病になると一般的に血圧が下がり、高血圧だった人は正常値になるようです。

このほかに、尿が出きらない「排尿困難」や、頻尿、尿失禁などの排尿障害も症状として現れることがある。

他に体温の調節機能が障害されて、手足は冷えやすくなり、足にむくみが出ることもある。また体は汗をかかなくなる一方で、顔からは汗が出て、脂ぎった油顔になることもある。

団塊オヤジも二年前に「前立腺肥大」による排尿困難で尿が出なくなり、二回も続けて救急車のお世話になり、それまで一年ほど通院していたK泌尿科専門病院に見切りをつけて、名古屋セントラル病院へ入院し前立腺肥大（ＰＶＰ）手術を受けて、排尿問題は解決した。

また、団塊オヤジは生まれつきの低血圧で、血圧の平常値は八五～九五だ。興奮したり、運動したりした直後でも一一〇程度までしか上がらない。銭湯に長時間浸かった後には八〇前後にまで血圧は下がる。また立ちくらみは今までに二度体験している。手足は冷たくなり夏でも手足には汗をかかない。

◆六　精神症状

パーキンソン病の患者には気分が落ち込み、意欲がわかない、眠れない、何にも興味がわかないなどの抑うつ症状が見られる。このような抑うつ症状は、病気に対する心配や不安などが原因で引き起こされる場合と、パーキンソン病そのものの症状として発症する場合がある。

また病気が進行すると幻覚や妄想などの精神症状が出ることもある。団塊オヤジも三、四年前に幻覚？　で悪い夢を見てベッドから転げ落ちて、右鎖骨を痛めた経験がある。

パーキンソン病を熟知した医師であれば、患者の歩き方や動作を観察、手足の関節の動き具合を見ただけで診断はつく。

患者のすべてに四大症状が現れるわけではなく、中には全病気期間を通じて全くふるえの起こらない団塊オヤジのような人も見られる。私の紹介で五人目のＤＢＳ手術を受けたＡさんは私と全く同じ症状です。

四　団塊オヤジの最近の主な症状

◆一　室内でのすくみ足と転倒

室内では、すくみ足と小刻み走行による転倒が徐々に増えてきた。転倒から立ち上がるにも時間がかかるようになった。

電話に出ようとして慌てた時や、来客が来て玄関の呼び鈴が鳴り、鍵を開けようとして、慌てたり、焦ったりすると、足がすくみ、その第一歩が踏み出せずに、やっと歩き始めても「小刻み走行」になって、前のめりに転倒することが日に一、二度ある。

膝から倒れて、膝に打ち傷や擦り傷が絶えないので、この頃は膝にクッション付のサポーターを装着している。

また室内の狭いところで前のめりに転倒しやすいので、転倒の際には手が届く範囲の、タンスや家具、机などにもたれかかり、手指先の脱臼や骨折などの、怪我を負うこともあった。

◆二　屋外での転倒

斜面やスロープを歩行中に転倒しやすいので、歩行する際は歩くことに神経を集中して歩かないと転倒する。

また駅や地下鉄の駅構内のような人ゴミの中では、まわりに気を遣うのか、歩くことに集中できず転倒することがある。

歩行中に考えごとをした時とか、なにかを思い出し、方向を転換しようとした時にも、足がもつれて転倒しやすいので、歩行だけに神経を集中して歩くように心がけている。

また近くのスーパーや銀行には自転車で出かけるが、月に二、三回は、自転車から降車する際に転倒する。

転倒して起き上がろうとする際にも慌てるとバランスを崩し、足がもつれて立ち上がるのに時間がかかるので、落ち着いてゆっくりと立ち上がる様に留意している。

◆三　小字化

自分の住所・氏名などの決まっている字句は、一、二行程度は落ち着いてゆっくりと書けば最後まで同じ字の大きさで書けるが、メモをとるとか文章を考えながら書こうとすると、字が小さくなり一行も満足に書くことができない。

◆四　言語障害（小声、早口、どもり）

元来団塊オヤジは、学生時代から朗読は得意で、成人になってからも人前で話すことは気にならなかったが、パーキンソン病の症状がすすみ、数年前から人前で話すことがうまくできない。また早口になり「ろれつ」が回らなくなった。

またカラオケで歌を唄う時でも、歌詞はメロディーに合わせて歌えるが、セリフの朗読は、どんなに注意しても、早口になってしまう。

団塊オヤジは元来の早口だが、さらに早口になり、声は小さくボソボソ声になり、電話の相手からは、「言っている意味がわからない、ゆっくり話してくれ」とよく言われるし、二人の小学生の孫には「おじいちゃんは何を言っているか分からない」と言われ敬遠されて悔しい思いをしている。

しかしゆっくり話すことができない。従って最近は電話の呼び鈴が鳴っても電話には出ないことにして、主に携帯電話と電子メールで親しい人とはやり取りをしている。

またちょっと焦ると「どもり」現象がでる。一例をあげると「かかかかか『牡蠣』かき」というようにどもる。

◆五　嚥下障害

最近錠剤を呑む時や、よく噛まずに慌てて物を食べた時には、のどへ引っかかり詰まることが時折あり、ゆっくりよく噛むように心がけている。

◆六　手足の冷え

団塊オヤジは生まれつきの低血圧症で、血液がうすく献血はできません。手足は冷たく汗をかきませんが、パーキンソン病になってからは益々冷え性になったように思います。

◆七　嗅覚が鈍感になった。

自分の体臭が匂わず妻や孫たちからも「おじいちゃんは臭い」と言われることが多くなった。しかし私にはガソリンやガスなどの強烈な匂いは感じるが、他の匂いには嗅覚が鈍感になったようである。

◆八　赤ら顔で顔面発汗

週に三、四日は銭湯サウナ付のプール「トビオ」へ出かける。遊泳後には、サウナへ三、四回は入り汗をかく。サウナから出た直後に鏡に自分の身体を写してみると、顔面だけが赤ら顔になって汗をかくが、身体はあまり汗をかかずに色も変わらない。風呂友からは「顔色が良いですね」と言われるが、血行不良で体全体に血液が回らないのではないかと思う。

以上が最近の自覚しているパーキンソン病の主な症状である。

五　パーキンソン病の発症原因

人間の脳内では、いろいろな働きを持つ神経細胞が複雑に絡みあっており、それらが五感（目、耳、鼻、舌、皮膚）の感覚器官から得られた情報をキャッチして、神経伝達物質を介して筋肉に指令を出して、人間は目的に応じた動作をすることができる。

大脳の中央部には「線条体」という、体を動かすときに、どの筋肉をどのように動かしたらいいかという命令を出す発信基地のような働きをする器官がある。

つまり人間が無意識のうちに日常的に行っている何気ない動作は、線条体からの指令によってなされているわけです。

身体を思ったように動かすためには、動かそうとする力と、止めようという力の微妙なバランスが必要である。線条体では体を動かそうとする「ドーパミン」という物質と、体の動きを止めようとする「アセチルコリン」という物資の割合によって、そのバランスをコントロールしている。

この線条体のドーパミンが減少すると、相対的にアセチルコリンの割合が増加して、体を動かそうとする力と止めようとする力のバランスが崩れ、パーキンソン病を発症する。

すなわち、ドーパミンが減って体を動かそうとする力（アクセル）が弱まり、一方でアセチルコリンが相対的に増えて、体を止めようとする力（ブレーキ）が強くなるので、パーキンソン病のいろいろな運動障害が起きる。

◆一　なぜドーパミンは減少するのか

ドーパミンは、脳幹の中脳にある「黒質」という器官で作られている。黒質は脳幹部の左右に二つ存在する。人間の脳は一キログラム以上あるが、このうち黒質の占める重量は二つ合わせて一グラム程度で、非常に小さく、小豆程度の大きさしかない。

黒質の神経細胞からはそれぞれ長い突起が出ていて、線条体に繋がっている。その突起の先端から、線条体に向かってドーパミンが分泌され、線条体の神経細胞にある受容体（センサー）がドーパミンを受け取り、運動指令をだしている。

すなわち、黒質の神経細胞が変性し↓黒質のドーパミン産出量が減少↓ドーパミンの線条体への供給量が不足↓ドーパミンとアセチルコリンのバランスが崩れ↓パーキンソン病の発症・進行になるのだ。

健康な人でも歳を経るに伴って、神経細胞は少しずつ減少していくが、パーキンソン病の患者の場合は、ドーパミンを作る黒質の神経細胞が健康な人より若いうちから減少し、脳の中のドーパミン量が少なくなる。

一般にはドーパミンの分泌量が健常時の二〇％以下に減少するとパーキンソン病の症状が発現すると言われている。

◆二　黒質の神経細胞はなぜ減少するのか

黒質の神経細胞が減少する原因については、現代の医学ではまだ解明されていない。現在は「酸化ストレス説」が最も有力な仮説とされている。

人間の身体を構成する細胞はおよそ六〇兆個あり、それらの細胞の一つ一つにミトコンドリアという微小な器官があり、各細胞内で酵素（体内での化学反応を促進する物質）の代謝（物質を合成したり分解する働き）を司り、細胞の生存に必要なエネルギーを生み出すために働いている。

そのミトコンドリアの一部に酸素タンパク複合体がある。パーキンソン病になると、この複合体の量が減少して、細胞の生存に必要なエネルギーを十分に作れない状態になっていること、黒質の神経細胞で活性酸素（酸化力が強く、増えすぎると細胞組織を破壊する酸素）が過剰に発生しているることが分かっている。

すなわち活性酸素によって黒質の神経細胞が酸化されて、死亡し減少していくと考えられている。

◆三　脳の血流障害がP病発症の根源

すなわち、パーキンソン病は、自律神経（交感神経と副交感神経）のバランスの乱れによる脳の血流障害が原因の病気であり、自律神経のバランスを整えて、脳の血流を改善させれば進行を食い止めることや、進行を遅らせることができると思われる。

細胞は血流によって酸素や栄養素を得ている。脳の血流が減り血液が少なくなると、脳の神経細胞は酸素不足、栄養不足に陥り、活力を失って、やがて神経細胞が死んでいき、神経伝達物質（ドーパミン）の分泌力が衰えて、パーキンソン病が進行する。

一度死滅した細胞は生き返らないが、酸素不足や栄養不足で活力が弱まっている状態の神経細胞であれば復活は可能であるし、神経細胞の死滅にも歯止めがかかり、パーキンソン病の進行も止まるわけです。

◆四　自律神経の働きを乱す元凶はストレス

自律神経のバランスを乱す元凶はストレスではないかと思われる。従ってP病にならないためにも、P病の進行防止や、進行を遅らせるためにも、血流を良くして副交感神経を活性化させること。すなわちストレスを溜めないことが重要だと思う。

六　団塊オヤジのストレス解消生活とリハビリ

この四、五年間意識して継続している団塊オヤジのストレス解消の日常生活とリハビリを以下に紹介します。

土日を除く平日の午後は、用事の無い限り銭湯サウナ付温水プール（トビオ総合水泳場）へ、自分で車を運転し出かける。

簡単な準備運動をして、水中歩行用の浅めの温水プールに入り、速足での水中歩行を三〇分程度、次に二〇分程ゆっくりと遊泳する。最近は屋内での「すくみ足」や「転倒」が増えてきて困るが、温水プール内では身体は浮き、転ぶことはない。

子供の頃から泳ぎは得意だったが、現在ではパーキンソン病の症状で手足のバランスが取れないので、前に進まず、ラッコが水に浮いているような泳ぎしかできない。しかし遊泳は軽い全身運動で心地よく、リハビリにはもってこいである。

次に付設の銭湯へ行き、三種のお湯にゆっくりマッタリ浸かり、サウナ風呂へ三、四回入り汗をかき、およそ二時間を銭湯で過ごす。

全身をリラックスさせ、身体を温めることで血流を良くして、副交感神経の活動を強めることがパーキンソン病の進行を遅らせると信じ、車の運転ができる限り、今後もトビオ通いを続けるつもりである。

またサウナへ入るもう一つの目的は、汗を流し体重をコントロールすることです。体重は六四ｋｇ前後で、この一〇年間ほとんど変わらない。

二つ目は、春や秋の気候が良く晴れた日には、朝食後に近くの公園へウォーキングにも出かける。以前に自宅から公園までの舗装道路で転倒し膝を痛めたので、この頃は車を運転し、公園まで出かけ、公園内を七、八千歩（約一時間）なるべく速足で大股でウォーキングする。公園内の歩行コースは、コンクリートで舗装はされておらず、草道なので転倒しても怪我はしない。

三つ目は「釣りキチテイブンの浜名湖」でも紹介する浜名湖の漁民もどきの生活だ。魚釣りは三度の飯より好きな団塊オヤジの唯一の趣味であり道楽である。

◆ストレスは万病の元、怒りは健康の敵

メンタル面では、過去の苦しみ、悲しみ、憎しみ、怒り、悔しさなどの嫌なことや、トラウマ等は忘れること、忘れられないなら思い出さない事です。

そして、楽しかったこと、嬉しかったことだけを思い出して、くよくよしないで楽天的に前向きに毎日を過ごすことを心掛けている。そして和気あいあい、毎日を明るく楽しく元気よく「笑門来福」「笑進笑明」前向きに生ることが、病を呼ばない、病を悪化させないメンタル面の過ごし方だと思う。

最後に強調したいことがある。それは「怒りは健康の敵」だということだ。（故）安岡正篤氏は「人が怒り心頭に発し、人を殺そうとした時の吐息を、零下二一五度に冷やすと、その吐息が茶褐色に液状化し、その液体には人間を殺すほどの猛毒がある」と著書で語っている。ストレスは万病の元、怒りは健康の敵である。

第二章　団塊オヤジの生い立ちと歩み

一　生まれ故郷の三ケ日町

静岡県引佐郡三ケ日町御薗、これが団塊オヤジの出生地です。三ケ日町は平成の市町村合併で浜松市北区に統合された。

浜名湖の一部である「猪ノ鼻湖」は、くびれた幅一〇〇メートル程の瀬戸水道から北の部分を言う。水道には二本の吊り橋がかかり、風光明媚のうえに、魚貝類が豊富で、少年時代には友人と遊泳、釣り、魚採りなどでよく遊んだところである。

町の北西側は赤石連峰の南端につながり、三〇〇メートル級の山々に囲まれ、南面は猪ノ鼻湖を取り囲んでいるのが三ケ日町です。

気候は温暖で自然に恵まれた田舎町で、人口は一万五〇〇〇人前後で昔も今もあまり変わらない。

三ケ日町はみかんの産地として、その味の評判は全国に知られ、値段も他の地域のものに比べ二、三割は高い。工場は少なくみかんを中心とした農業の町です。しかし近年みかん専業農家は減り、隣接する豊橋市や湖西市、細江町などの工場へ車で通勤している人が増えて来たようです。

御薗村は町の中心部から一キロメートルほど北西に位置した、三十数戸の小さな村落だったが、三ケ日高校が近くに移転以来、転入者が増えて、最近では五〇戸を越えていると聞いている。

この御薗村で昭和二二年二月七日に父「逸郎」と母「すみ」の間に生まれたのが自分貞文《さだゆき》です。その後高校卒業まで御薗村で家族と共に過ごした。

昭和二二年といえば終戦の翌翌年であり、この年から三年間に生まれた世代が、後に作家の堺屋太一氏に「団塊の世代」と呼ばれるようになる。私はその一期生である。

少し詳しく説明すると、父逸郎が太平洋戦争の終戦により、六年余の兵役を終えて、中国からマレー半島を南下し、シンガポールから台湾基隆港経由で日本へ帰還したのが、昭和二十年十二月と生前の父から聞いている。その後最初に生まれたのが長男の自分です。

翌年には弟の「英文」、その三年後に妹の「信子」が誕生した。

幼少時代の記憶といえば、晩御飯の時には必ず祖父の「貞作」が上座に座り、好きな晩酌をしている姿や、縁の下で祖母の「ゆき」が飼っていた数羽の鶏に、小川で採ってきた小魚や、野菜の切れ端を餌として与えたこと。家の中にはカマドと食卓、火鉢、母の嫁入り道具のタンス、木製の風呂桶、それに電球ぐらいしかなかったことなどを記憶している。

当時はまだ水道はなく、弟と二人で裏の井戸からツルベで水を汲み上げ、冬に近くの雑木林で採取した枯葉で火を起こし、薪で風呂を沸かすのは、この頃の日課であった。

当時の農器具といえば、運搬具のリヤカー、クワ、つるはし、ノコギリ、カマ、マサカリ、ナタ等しかなかった。

食料はほぼ自給自足で、村に一軒ある小さな雑貨屋「正一チャ」から買うものは、豆腐やアブラゲ、そして塩や砂糖だけで、お菓子を買った記憶はない。

貞作が飼っていた豚は子豚を売るために、ゆきが飼っていた数羽の鶏は卵を売るための副業であった。また弟妹と三人で飼っていた一匹の山羊は、牛乳の代わりの羊乳の自給のためで、乳搾りも三人の仕事であった。

当時、ゆきの飼っていた鶏が産んだ卵は貴重な現金収入源で、子供の口に入ることは稀であった。天秤ハカリを自転車に乗せて、定期的に鶏卵を買いに来る仲買人は、卵に亀裂があると買ってくれない。今風に言えば不良品である。

一個の不良品の生卵に醤油を加え、かき混ぜ、三等分するのは長男の自分の役目だったが、三人でよくもめた事も懐かしい思い出だ。

当時の思い出が一杯詰まっていた生家は、弟が結婚した翌年に解体されたが、今でもはっきりと脳裏に焼きついており、時々夢に出てくる。

二　祖父母の「貞作とゆき」の思い出

祖父の「貞作」は、三ケ日町西部の愛知県と県境にある「本坂」という村に明治時代の中頃に生まれ、青年になる頃に「御園」へ住み着き、小作農として荒地や雑木林を開墾してきたのだろう、無口で穏やかな働き者だった。子供がなかったのか孫の私を大変可愛がり、幼少の頃は毎日同じ布団で眠ったことを覚えている。

貞作は晩酌が唯一の楽しみで、私が自転車に乗れる頃になると町までお酒を買いに

「お使い」をさせられたことを記憶している。当時は貧乏で清酒が買えず、いつも合成酒だった。

小学校の低学年の頃は、貧乏で運動靴も買えなかったので、運動会には祖父が作ってくれた草鞋《わらじ》で走り、賞を貰ったこともあった。身体は小さかったがすばしっこく短距離競走では上位であった。

冬になると、学校から帰り、祖父が引くリヤカーを後押しして、一時間も離れた隣村の雑木林に出かけ、雑木を切り出しリヤカーに積んで自宅に持ち帰り、薪割りをした。小さい身体だったがよく手伝った。

六九歳の今まで腰を痛めたことがないのは、この頃のリヤカー押しと薪割りで鍛えられたお陰だと思う。

当時はまだガスはなく、風呂を沸かすのも炊事も、その熱源は全て薪であった。

祖父は晩年耳が遠くなり、私が高校二年生の時に八五歳で他界した。孫の私を大変可愛がってくれた祖父の死は大変悲しく、葬儀の場では悲しみにくれてひどく泣いた覚えがある。

祖母の「ゆき」も、病気らしい病気をしたことがなかったようだ。祖父の死後三年後に八六歳で亡くなった。小柄な身体だったので力仕事の農作業姿の記憶はない。

晩年は玄関脇の温かい三畳の部屋に座り、朝から晩まで内職仕事に明け暮れていた姿を鮮明に思い出すことが出来る。

その内職のお金で、私が高校卒業の年に万年筆を買ってくれたことを覚えている。その万年筆は当時五〇〇円だった。祖母の内職収入が一日一〇〇円足らずだったから、今のお金に換算すれば一万円はするだろう。

祖父と祖母は御薗村に移り住み、ゼロから一生懸命に働き、田畑一町二反の財産を築いたことは当時としては立派な事業であったと思う。

しかし二人の間には残念ながら子供ができなかったようだ。そして幼少の頃の父「逸郎」を養子に迎えたのである。

三　父「逸郎」のこと

父「逸郎」は大正六年一一月十一日に、愛知県の奥三河の南設楽郡本郷町に生まれた。父の実父は本郷町で医者をしていたらしい。その看護婦との間に生まれたのが父だった。父は実父を嫌っていたらしく、なにも私には話さなかった。だから祖父の名前は知らない。

父の生母の名は「ます」という。父を養子に出してからは豊橋市で一人暮らしをし、産婆さんをしていた。そして養母ゆきの死の翌年に亡くなった。父は体格も顔つきも生母とよく似ていた。私が小学生の頃まではちょくちょく土産を持って御園村を訪れ、孫の私たち三人から「豊橋のおばさん」と呼ばれ、慕われていた。私たち三人の孫も春休みや夏休みには、豊橋の家に泊まりに出かけ、近くの映画館へ連れていってくれたことを懐かしく思い出す。

父は幼少の頃に本郷町から三ケ日町御薗村へ養子に貰われてきたのである。そして祖父母に大変可愛がられ育てられたようだ。そして二四～二五歳で母すみと結婚した。従って当時の言葉で「両貰い夫婦」ということになる。

父は農家の後継ぎで一生を終わることを嫌い、家を飛び出し別の職業で一旗上げたかったと常々言っていた。しかし、育てられた養父母への義理と恩に背くことはできず、仕方なく農業を営んできたようだ。

父は自分の果たせなかった夢を私に託したのであろう、「お前は長男でも水飲み百姓の後は継がず、広い世界に出て行き、別な職業で身を立てよ」といつも言っていた。今思うと父の考えには先見の明があったと感心している。

父は三〇代後半の働き盛りに結核を患い、三方原の聖隷病院で肋骨四本を切る大手術を受け、一年以上も入院した。退院後もしばらく仕事ができず自宅で養生していた。

その頃の父は病気で働けない悔しさ、貧苦、将来の不安などで、人生で最も困窮した時と思う。当時小学生三、四年生だった私も、奥の部屋で療養している不機嫌な父の姿を見たくなくて、学校から帰宅するとランドセルを放り投げて外で遊んでばかりいた。祖父母、父母、子供三人の七人家族の大黒柱が病気で倒れ、我が家にとって最も苦しい時だった。

その後幸いにも父は健康を取り戻し、大黒柱として復活した。

元気になった父はみかんや米作りでは満足せず、新しい農業を次々と開花させて行くことになり、一時期は近隣の農家から羨ましがられる程の成功を収めた。

当時の田植えは、一尺毎に赤い印をつけたタコ糸を両端の人が持ち、タコ糸を張る。中へは三、四人が一間（一八〇センチ）間隔で横に並び、赤い印の位置に苗を植える方法で行われていた。集団作業であり、一人が遅れると他の人には待ち時間が出た。

また一人や二人では田植えはできなかったのである。ところが父は一尺間隔に棒をつけた巨大な熊手を作り、それを引いて田の地表に一尺間隔の碁盤の目の線を引いたのである。こうすれば田んぼの地表に引かれた碁盤の目に苗を植えていくだけで田植えができる。タコ糸もいらず、組作業でなくて一人でも田植えができるのである。

このようなアイデアは、現在の実用新案に匹敵するような発明だったと思う。もちろん初めての方法であり、数年のうちに村中の田植えは父の発明したやり方に変わった。

ユーカリという名の薄青色の葉をもつオーストラリア原産の観葉植物に目をつけ、大掛かりに栽培し、東京の花キ市場への直売によりかなりの金を稼いだようだ。

その後も小型シンビジュームと呼ばれる洋蘭栽培では自分で交配をして新種を生み出し、三ケ日町では名の知れた洋蘭栽培農家になり、最盛期には新聞記者が取材に来ることも度々あったようで、この頃の父は五〇歳台半ばで得意の絶頂期にあったと思う。

このように、父は先見性を持ち、アイデアに優れ、器用で頭も良く確かに優れていたと思う。しかし一つのことに長続きせず、お人好しで金儲けはあまり上手ではなかったようだ。この性格は私のDNAに引き継がれていて、特に欠点は歳をとるごとに似てきたようだ。

結核を乗り越えて、四〇代後半から六〇代前半の頃までは健康な父だった。酒が好きで、ほろ酔い加減の時は村田英雄や三波春夫の浪曲や歌謡曲を口ずさむすばらしい父であった。

そんな元気な父は、六〇代の後半の頃になってC型肝炎にかかり、元気をなくしてきた。その後は好きな酒、タバコを断ち治療に励んだが回復せず、七四歳で肝硬変↓肝臓癌で亡くなった。

C型肝炎は、結核手術の際の輸血血液にC型肝炎ウイルスが混じっていて、それが老後に発病したのだった。八〇歳までは生きていてほしかった。

決して裕福ではなかったにもかかわらず、子供の教育には熱心で、小学生の私をそろばん塾や補習塾へ通わせたり、毛筆書道を教えてくれたり、幼少のころから釣りに連れて行ってくれた父には大変感謝している。

C型肝炎の症状がまだ軽く元気だった昭和五八年の春、私がシンガポールへ長期出張している時に、両親をシンガポールへ招待し、マレーシアまで足をのばした。父にとっては終戦以来三八年ぶりのシンガポールでありとても喜んでくれた。そして台湾駐在時の昭和六一年には、台湾へ招待した。この海外旅行は私のたった二つの親孝行であったと思っている。

四　良妻賢母の母「すみ」のこと

母の名は「すみ」と言う。大正七年十月十四日に隣村の「岡本」で、男兄弟二人、六人姉妹の一人として生まれた。

六人姉妹の下から二番目なので、苦しい家計を助けるために、父と結婚する前までは、あちこちへ奉公に出て苦労したらしい。

現在九七歳、兄弟姉妹は全部他界し、弟夫婦と共に三ケ日で暮らしていたが、六年ほど前からMグループホームに入居、お世話になっている。

母は父逸郎と二三歳の頃に結婚した。その直後に夫の逸郎は、大東亜戦争に徴兵された。

父が兵役で不在の間は、義父義母を支えて家庭を守り、終戦後は、電気製品も炊事器具も何もない貧乏百姓の家で、三人の子供を生み育ててくれた。これらの苦労は並大抵のものではなかったかと思う。

辛さを見せず、他人を非難せず、誰に対しても優しい心の持ち主で、万人に慕われる最高の母であり、父にとっては最良の妻であった思う。まさに良妻賢母という言葉は母のためにあると思う。

その母は、耳も遠くなり、物忘れもひどくなった。月に一度はホームに見舞いに行くが、この頃はほとんど口も聞けなくなったものの、息子の顔だけは解るようだ。

五　幼少の頃と小学生時代

最も古い記憶は妹の信子が生まれた時のことである。当時の母屋は、柱も、梁も天井も墨で塗られたように煤けて真っ黒だった。古家の木材を貰ってきて、建てた家だからだと父から聞いた事がある。

そんな母屋の裏に一〇畳程の部屋と物置でできている別棟があった。新婚夫婦のために祖父母が建て、父母が寝泊りをしていたと思われる。

ある日、その別棟に産婆さんが洗面器、お湯、タオルなどをもって忙しそうに出入りしており、そのうちにオギャーという赤ん坊の泣き声がした。この時の赤ん坊が妹の信子だった。私が四歳の頃だったと思う。

妹の出生時以外に小学生になるまでの記憶はあまりない。当時は家には何も無かったから、友達と付近の田畑や川、空き地や道路で馬乗りや「ケン」で遊んでいたのだろう。当時はまだ道路は舗装されていず、自転車とリヤカーが通るだけだった。もちろん交通事故という言葉もなかった時代であった。

川も自然のままで、大雨後の洪水時を除けば、川辺に近づくことも出来ない現代よりは安全であった。この頃は竹で編んで作られた「イシミ」を持って小川に入り、フナやドジョウなどの小魚を取るのが大好きな少年だった。

強烈に記憶に残っているのが小学校入学式の一日である。当日は母が盲腸の手術で町内の医院へ入院しており、従姉の裕子さんが親代わりで、私を小学校の入学式に連れて行ってくれた。

私の入学した三ケ日町立西小学校は小高い山の南斜面に面し、坂の両側には桜の木が並び、四月の初旬の入学式当日は桜が満開だった事が今でも鮮明に眼に浮かぶ。

そして入学式の帰途に、入院中の母の病院に立ち寄った時、同室の患者さんから頂いた「バナナ」を初めて食べた時の味は今でも忘れられない。当時のバナナは希少な輸入高級果物であり、めったに口に入るような果物ではなかった。その後社会人になるまでバナナを口にしたことはなかった。

小学生低学年時代の思い出はあまり無い。父母は貧しい農家で七人家族を養っていくために、朝早くから夜遅くまで農業に精を出していたのだろう。

当時は農機具もなく、みかん作りも稲作もすべて人力だったので、かなりの重労働であったと思う。この頃が父母にとって一番苦労した時代で、当時の苦労がその後父の結核発病の一因になったと思う。

小学二年生頃に、父が結核で三方ヶ原の聖隷病院へ入院し手術を受けた。その後退院し自宅で一年ほど静養していた。父は不機嫌で家庭も暗かったので、家にいるのがいやで、学校から帰るとランドセルを放り出して暗くなるまで外で遊んでいた。従って学業成績も普通であった。

当時の遊びといえば、魚捕り、チャンバラごっこ、ケン、馬乗り、竹馬ごっこ、などであった。

この頃の一番の楽しみは紙芝居であった。御薗村にも毎日のように自転車に乗って紙芝居屋さんが訪れた。代金の一五円を払うと、錬り飴をくれて、二本の割り箸で錬りながら、紙芝居を見るのである。お金が無い時は、代わりにみかんを三個でもよかった。

小学生の五年生の頃だったと思う。腕白坊主達五、六人で「ウルシの木」で木刀を作り「チャンバラごっこ」をしたのである。私はウルシで顔中がかぶれて膿が噴出し、一か月間ほど、目鼻だけを残し顔中包帯で覆われた事があった。三ケ日には良い医院が無かったらしく、日曜日のたびに父が私を自転車の荷台に乗せて、宇利峠（愛知県新城市と三ケ日町の県境）を越え、往復八里もかけて新城市の病院へ連れて行ってくれた。

そんな父の愛情に感謝しなければならないと思う。

忙しい父も魚釣りが好きであった。私を自転車の荷台に乗せて、浜名湖の湖畔へハゼ釣りや鯛釣りに連れて行ってくれた。私が今でも魚釣りが三度の飯よりも好きなのは、父が幼少の頃に教えてくれた事が原点だと思う。

五年生の頃には父も元気になり以前のように働き始めた。我が家の危機も乗り越えた。学業成績も徐々に上がり、通信簿にも五が目立つようになった。

この頃は父が熱心に書道を教えてくれたのでドンドン上達し、六年生の時には書初めで、私が県教育委員会長賞、妹の信子が県知事賞を貰い、三ケ日町立西小学校では最高の賞を独占した事もあった。私は中学を卒業するまでに二〇枚もの賞状を貰ったことが誇りの一つである。

小学生の三年生の頃からだんだん野球が好きになった。村に一軒の雑貨屋のオジサンは「正一チャ」と呼ばれていた。ちょっと変わり者で大の野球好き、長男を三ケ日高校の野球部に入れていた。正一チャがいつの間にか私に熱心にキャッチボールを教えてくれた。

当時は皮のグラブは高価で買えなかったので、母にミシン縫いの布製グラブを作ってもらい、毎日のようにキャッチボールをした。

六年生の時には三ケ日西小学校の代表チームの一員として町内野球大会へ参加した。平山小学校で行われた町内対抗戦で尾奈小学校と対戦した時には先発投手としてマウンドに上った。ところが緊張してあがってしまい、ストライクが全然入らず序盤でKOされた苦い思い出がある。

また当時の「正一チャ」の中日ドラゴンズ好きが、私を今でもドラゴンズファンにしている。

昭和三〇年代前半の頃は、国鉄の金田、西鉄の稲尾、中西、中日の杉下、巨人の川上らの全盛時代で、長島や杉浦はまだ大学生であった。

当時の我が家には短波放送が聞けるラジオが無かったので、中日ドラゴンズのナイター試合は欠かさず、正一チャの家へ野球の実況放送を聞きに行った。

六年生には思い出が多い。木造の校舎が鉄筋コンクリートに建て替えられ、新校舎落成式典が開催され、私が生徒代表で祝辞を述べた事があった。学業成績では私より上の人が何人かいたが、当時の担任の鈴木輝美先生が私を推薦してくれた。父は鼻高々だった。

父は口癖のように、「水飲み百姓の後なんか継がずに商売人になれ」と言い、貧乏な家庭にもかかわらず、私をそろばん塾にも通わせ、六年生の時には日商珠算検定試験の準二級に合格した。

この頃は、父の私への期待と愛情に応えようと一生懸命に勉強した。小学校六年間は一日も学校を休まなかった。父のお陰で今の自分があると感謝している。

そんな父に比べ、経済的に四人の子供を育てるのが精一杯で、精神面や教育面では何もしてあげられなかった自分を深く恥じているこの頃である。

六　中学生時代

昭和三四年四月に三ケ日西部中学へ入学した。それまで分校だった尾奈小学校や平山小学校からも生徒が集まり、クラス数は六クラス、一クラスの生徒数は五〇人を超え、教室は机と椅子で満杯であった。

現在の一クラスの生徒数は三十数人らしいが、当時はすし詰め状態だったのを思い出す。小学校へは徒歩で通ったが、中学校へは自転車で通学した。

小学六年生の時に同じクラスのY子さんに初恋し、中学でも同じクラスになりたいと願ったが叶わず、失望した苦い思い出もある。彼女への恋心は高校生になるまで続いたが、私の片思いに終わり、彼女に振られたショックはその後の人生でトラウマとなったようである。

小学生の頃から大好きになった野球をしたくて、中学では野球部へ入るつもりでいたが、父は「アメ公のやるスポーツなんかダメだ、日本人らしく剣道をやれ」と言って私の野球部入りを許さなかった。しぶしぶ剣道部へ入部したが、背が低かったので長身の上級生から「面」を打たれると後頭部までジーンとしびれて頭が悪くなると思った。また上級生の弱い者いじめにも嫌気がさして一年で退部した。剣道部で知り合った同級生に佐藤健次君がいる。それから彼とは無二の親友で今でも親交が続いている。

中学生時代はよく家の農業を手伝った。夏休みの午前中は農作業が日課であった。早めの朝食をとり家から三キロほど離れた「日々沢」の畑に、父母と弟と四人で、耕運機に乗って出かけた。そして昼まで、畑の草取り、肥料撒き、石拾いなどの農作業に精を出した。休憩時に日陰に座り食べたアイスキャンデーの冷たさは、今でも鮮明に脳裏に染み付いている。これこそ「苦中楽有」である。

午前中の農作業が終わると耕運機に乗って家に帰り、急いで昼飯を食べると、海水パンツ、水中メガネ、手製のモリを持って「釣橋川」へ魚獲りに出かけるのが日課であった。当時の釣橋川には、フナ、アユ、ハヤ、ハゼ、うなぎ、時には鯉などの淡水魚が多く生息し、水もきれいで子供達の絶好の漁場であり、遊泳場でもあった。

手製のモリは「パチャンコ」と呼ばれ、自作である。直径二センチ、中指ほどの太さの乾燥した丸竹を削ってガイドにし、蚊帳の骨の直径二、三ミリ、長さ五〇センチほどの鋼鉄をハンマーで叩き、ヤスリで砥ぎ先端を尖らしたものがモリで、そのモリをゴム帯の力で引き、その反動でモリを撃ち出すのである。

水中眼鏡をかけて「パチャンコ」を右手に釣橋川の下流に架かる「美代橋」付近から川に入り、潜っては魚を突き捕獲しながら三時間程かけて上流へ登り、御薗村と岡本村の村境に架る橋まで来て、魚獲りの一日が終わるのであった。魚をぶら下げて、まだ夏の夕日が緑の田畑や土手を照らす中を歩いて家路についた。

夏休み以外でも繁忙期には、田植え、しろかき、稲刈りなどの農作業をよく手伝った。この頃には耕運機が普及し大活躍をしていた。父が発明した「碁盤目式田植え」もだんだん他の村にも広まって行った。

やがて夏が終わり、ツクツクホウシが鳴き始め、柿が色づく頃になると、猪ノ鼻湖の「尾奈」付近はハゼやチンタ（黒鯛の当歳魚）の絶好の釣場になった。尾奈まで は五ｋｍ、自転車で三〇分ほどかかる。

湖畔についたら餌の小エビを捕り、友達の家の和船を浜名湖へ漕ぎ出し、チンタ（黒鯛の幼魚）釣りに出かけたことも度々あった。その頃に手竿で釣り上げたチンタの感触と、和船の艪の漕ぎかたは、今も身体で覚えていて一生忘れないものらしい。

三年生になるといよいよ高校受験勉強が始まり、両親からは受験勉強を強制させられた。三学期になると、進学予定者は毎日放課後に模擬テストが行われ、その個人別点数と成績順位が、廊下に張り出されることが入試日まで続けられた。勉学嫌いの私も、負けず嫌いの性格が頭をもたげ、受験前には三〇〇人中で一〇〜一五位までに成績が上がった。

当時の高校進学者は七割程度、大学進学者は一割以下だったと記憶している。

父からは「弟妹がいるので大学へ行かせる金が無い。高校で卒業し働いてほしい」「工業高校へ進み専門技術を身につけるのが良い」と言われ、浜松工業高校の機械科を受験することになった。三ケ日西部中学から浜松工業高校への受験生は、電気科二名、機械科は私一人だった。

当時の浜工高校の機械科、電気科は進学校の浜松北高と同レベルの優秀な生徒が応募する高校であったが幸いにも合格することができた。

七　高校生時代

当時の浜工高校は、浜松駅の南二ｋｍ程離れた「北寺島町」にあった。三ケ日の我が家からは片道二時間半もかけて通学した。

朝五時半には起きて、あわただしく朝食をとり、六時には自転車で家を出て、二俣線（現在の天竜浜名湖線）の三ケ日駅まで走り、六時一八分発の始発列車へ飛び乗り、愛知県との県境の新所原駅で東海道線に乗り換えて、浜松駅に着くのが八時頃、そして二〇分ほど歩いてやっと学校に着いた。

母は四時半には起きて、朝食と弁当を作ってくれた。当時は電気炊飯器も冷蔵庫も無く、カマドで火をたき、三年間毎日欠かさず朝食と弁当を作ってくれた母のご苦労と愛情にはいくら感謝をしてもし尽くせない。

高校時代は通学に時間がかかったのでクラス仲間との付き合いは少なく、むしろ豊橋の高校へ入学した中学時代の友とよく遊んだ。

夏には相変わらず、釣橋川で鮎や鮒を獲ったり、浜名湖の瀬戸吊橋の下まで出かけ、魚獲りに熱中した。

当時は水中眼鏡をかけて海中に潜ると、カニ、ハゼ、チンタ、ベラ、メバル等のいろいろな魚が豊富にいた。それらを「パチャンコ」で突いて獲った。

二年生の夏休みに親友の佐藤健次君と瀬戸橋へバイクに乗って「夜掘り」に出かけ

た。夜掘りとは、夜間に川や海に出かけ、アセチレンガスの燈火を手に持ち、水中を照らし、眠っている魚をモリやタモで獲る漁法で現在は禁止されている。

夏休みに入った七月末の土曜日の夜であった。瀬戸橋までは約六ｋｍあるのでこの日はバイクで出かけた。

瀬戸橋の手前で警察の検問に引っ掛り無免許運転で捕まってしまった。学校に知れて、罰として、終業後一時間一か月の校庭の草取りをやらされた苦い思い出がある。

佐藤健次君とは三年生の春休みに二人で伊豆半島へ自転車旅行をした。帰り道に、浜松市内に住む同級生の寺田幸夫君の家に立ち寄った。そして急に腹痛が激しくなり、急性虫垂炎で近くの渥美医院に緊急入院、腹膜炎手術を受けて一か月ほど入院、三年生の一学期に間に合わず、二週間ほど学校を休むことになった。

この時にお世話になった寺田幸夫君は三十代で、腎臓を悪くして、長年の闘病生活の末に五八歳の若さで他界してしまった。誠に不幸な一生であったと同情に堪えない、ご冥福を祈るのみである。

三年生になり就職先を決める時が来た。同級生の大半は就職である。幼い頃から父に「牛後となるより鶏口たれ」と言われて育った私は自主独立心が強く、大企業よりは中小企業が良い。そして豊橋なら自宅から通勤できると思い、豊橋のA工業という社員五〇人ほどの木工会社を選んで内定した。

この頃は、夜は大学で学びたいという気持ちが強まっていたが、豊橋には理工系の夜間大学が無い。浜松には静岡大学工学部の夜間部がある。そこで浜松の会社で静大に近い会社を探した所、ヤマハに鞍替えすることになった。

ところがすでにヤマハへは六人が割りあてられ内定しており、私が入ると一人がはみ出てしまうことになり、就職担任の先生が頭を痛めたらしい。しかし実力で堂々と入社試験で合格した。

第三章　ヤマハへ入社して

一　生産技術課時代

一九六五年（昭和四〇年）四月一日に日本楽器製造株式会社（現ヤマハ）へ入社した。当時のヤマハは浜松市の中央部に本社を置く日本一の楽器製造会社であった。その年の高卒新入社員は技術系が約四〇名、事務系が十名程度であったと思う。技術系社員は全国の工業高校から選りすぐりの優秀な卒業生であった。初任給は一万六千円であった。

浜工高からは機械科六名、電気科一名、工業化学科二名が入社した。私は同級生で親友の仲村昭君と共に生産技術課を希望したが、なぜか成績の悪い私が希望通り生産技術課に配属された。拝受した辞令には「準社員に登用し生産技術課勤務を命ずる日本楽器製造株式会社代表取締役社長川上源一」と書かれてあった。

仲村昭君は研究三課に配属されスピーカーの研究開発に携わることになった。その後彼は鋭い聴力と音感をスピーカーの研究開発に活かし、ヤマハ音響製品に多大な貢献をした。このようにして一八歳になったばかりの私の社会人としての第一歩が始まり、以後三一年三か月ヤマハで働くことになる。

同期入社四人の中に、後にシンガポール工場で共に苦労し、ガンで三八歳の若さで他界した長尾君（仮名）がいた。当時の生産技術課員は約一五名、課長が三〇代前半、二人の主任が三〇歳前後、一般課員は一八歳から二〇代後半まで年代ごとにバランスが取れていた。

仕事を親切丁寧に指導してくれたのが四歳年上の向井さんである。九州の長崎出身でジェントルマンであった。後に元浜町の老舗の料亭の娘さんと結婚した。

当時終業時刻が近づくと、「おいテイブンちゃん、飲みに行こうや」と誘われて、元浜町のなじみの居酒屋へよく呑みに連れて行ってくれた。テイブンとは当時の課長の前田さん（故人）が私の名前の「貞文」をサダユキと読めないので私に付けたあだ名である。

向井さんは、私がホーム用品部へ転出するまでの四年半大変お世話になった恩人の一人である。その後ヤマハ発動機ボート事業部に転籍になり、全国各地のボート工場の工場長を歴任し六〇歳の定年を全うされた。

入社当時は中沢町にある母の姉の川島叔母さん宅に下宿をさせてもらった。

昼間は仕事、午後五時過ぎに、タイムカードを押し、自転車で静岡大学短期大学部へ登校し、授業が終わると午後九時半頃に下校した。当時はまだ週休二日制は普及しておらず、土曜日の午後は休みという独特な勤務形態だった。

休日には、当時職場の若者達で結成していた草野球チーム「フレッシュメン」の練習や他流試合が最高の楽しみであった。この頃は中学、高校で野球ができなかった悔しさを思い切り発散し、最も楽しい青春時代であった。ちなみにこのチームでの背番号は一〇番で二塁手、打順は一番であった。

メンバーの一人に投手でエースの高野さん（仮名）という二年先輩の好青年がいた。

彼はある日、私と同期入社の内山君の軽自動車キャロルを借りて、湖西警察署へ出かけると言って行方不明となった。それから数日後に新居海水浴場に放置されていた車が見つかり、やがて遠州灘で彼の水死体が発見された。

彼の自殺原因は、自動車免許がなかったことが会社にばれる事を悩んだ上らしい。

結婚して半年足らずの親友の自殺という悲しい出来事が今でも悔やまれる。青春ど真ん中で最初に経験した、親友の死に直面した辛く悲しい事件であった。この事件がもとで「フレッシュメン」は解散してしまった。

入社して三年間があっという間に過ぎ去り、静岡大学短期大学部を卒業した頃は、川島叔母さんの家を出て、大学近くで仲村昭君と二人で六畳一間を借りて下宿していた。

大学卒業の翌年、二二歳の秋の頃だった。空腹時になると腹の中央部に鈍痛を感じ、やがてキリきりと背中まで痛みが走り、我慢できずに会社の医療所で診察を受けたところ、十二指腸潰瘍と診断された。

そして胃腸外科専門の榎本医師の手術を受けるために佐鳴湖病院（現浜松西部医療センター）へ入院し、胃の三分の二を切除する手術を受けた。高校三年生の春に続いて二度目の開腹手術であった。おおよそ一か月入院し、無事に退院することになり、退院日に父親が車で迎えに来てくれた。

生家へ帰る途中で、父と二人で三ケ日の小さな居酒屋へ立ち寄り、呑んだ熱燗のコップ酒の味は今でも忘れられない。

その頃の生産技術課での仕事は、ピアノ工場のレイアウト、コンベヤなどの運搬設備の設計、治工具設計、タイムスタディやワークサンプリングによる時間測定や研究、ラインバランス、生産性の改善など、要するにＩＥ（生産技術）全般であった。

入社四年目頃から会社は事業の多角化の一環として、バスタブやガス風呂釜等の住宅設備事業を進め、私の仕事も住宅機器設備方面の仕事が増えてきた。そして昭和四四年一〇月に新設のホーム用品部技術課に移動することになった。

二　ホーム用品部西山工場時代

ホーム用品部は、営業が本社にあり、技術と製造部門は五ｋｍほど離れた西山工場にあった。私の仕事はユニットバスの開発設計である。当時の住宅設備は風呂がタイルからＦＲＰに、風呂釜がガス釜に、家庭の電気製品はカラーテレビ、クーラー、冷蔵庫、洗濯機などが猛烈に普及する時代であった。大阪万博が行われたのもこの頃である。

当時、私が設計したマンション向け「ユニットバスシステム」は洗面、バス、トイレを工場で組み立て、マンション現場へ据え付ける商品で、当時通産省のグッドデザイン賞を受賞し、大手のデベロッパーのK電鉄から大量の受注を獲得した。そして京成勝田台駅近くのマンションに二五〇戸も導入された。私は有頂天で得意の絶頂であった。

ところが、当時の営業担当のM主任からの、ドアのまたぎ高さを低くして欲しいと言う強い要望に負けて、三度必要な排水勾配を二度にし、排水不良と言う大クレームを発生させ、親しく交際していた同僚の宮下さん（故人）にも、その後多大な迷惑を掛けてしまった。この一件が原因で、二年半在籍した「ホーム用品部技術課」から昭和四七年四月に「ボイラー生産課」に配転された。

そして半年後に本社からエリートの池谷課長が来た。池谷さんは後に私の媒酌人になる人である。

当時のボイラー生産課には四〇人ほどの社員がおり、ガス風呂釜、クーラー、家庭用の灯油ボイラーなどの住宅設備機器を生産していた。開発設計して間もない新製品が多く、試作や品質確認も不十分のまま生産をし、市場に出荷していたので、市場クレームも多発し東京や大阪、時には九州までもクレーム修理に出かけ貴重な経験をした。

池谷課長からは、工場での生産管理の要点や、人間関係の要である呼称も、性別、年齢、地位の上下にかかわらず、全ての人に「さん」付けで呼ぶことを、率先垂範して教えて頂いたことはその後の人間関係作りに大いに役に立った。

当時は連日忙しく、残業が続き、胃の手術後しばらく続けていた三ケ日の生家からの通勤を諦め、本社近くの「ヤマハ黎明寮」に住み、車で通勤していた。

◆妻の葉子との出逢いと結婚

二七歳になった頃だった。会社の守衛所（出入門）に丸顔で人の良さそうな山中さんという守衛長がいて、出入門の際にいつも「外山君、外山君」と私に声を掛けてくれた。ある日、「姪にいい娘がいる、一回会ってみないか」と薦められた。

軽い気持ちで会うということになり、忘れもしない昭和四九年五月三日午後一時に、当時和地町の山中さんのご自宅に伺った。そこで初めて会ったのが妻の葉子だった。それまでも父や上司の勧めで四回お見合いをした。

葉子はほっそりとした長身で、長い髪の美人、会った瞬間に一目惚れしてしまった。その日は伊良湖岬へドライブし、夕方六時頃に寮へ戻った。

寮へ戻るとすぐに山中さんから電話があり、「気にいったかい？」と聞かれたので、即座に気に入りましたと答えた。その後山中さんが縁談を進めてくれて、一月足らずで婚約まで話が進み、昭和四九年（一九七四年）八月二八日に結婚式を挙げることになった。

結婚式は館山寺温泉にある「レイクホテル」で行った。媒酌人は上司の池谷さん夫婦、山中さん夫妻、主賓は当時の西山工場長の武田さん、来賓は多数で華やかな結婚式であった。本人はもちろん、私の両親も得意満面で最高に幸せな一日であった。

葉子との結婚は、その後の私の運命を大いに開いてくれることになる。三億円の宝くじに当たった以上の幸運を私の人生にもたらしてくれたと思う。

三　新婚生活と本社転勤

新婚旅行は北海道周遊一週間の旅程であった。結婚式を済ませた当日の夕方、浜松駅から新幹線で東京へ。銀座で一泊、翌朝羽田から飛行機で札幌へ、その後はレンタカーで北海道各地の観光地をまわり、帰路は釧路からフェリーで横浜港へ、そして新幹線で浜松へとあわただしい旅行であった。

二日目の夜に、札幌パークホテルのラウンジで葉子が慣れないワインを飲んでジンマシンが出たこと。サロマ湖畔での菜の花の黄色の鮮やかさや、吸い込まれるような摩周湖の美しさ、阿寒湖での寒さとマリモ、帰路に横浜駅の階段で、お土産の多さに手を焼いたことなどが印象に残っている。

慌しく新婚生活が始まった。翌年のお正月に三ケ日の生家へお年賀に行った時に、葉子が「お腹が痛い」と言うので心配した。その後盲腸炎だとわかり、遠州病院に入院し手術を受けた。出産日が近いので心配したが五月一七日に無事に長女の「早苗」が誕生した。

翌年一一月四日には長男の「誠」が誕生、私は仕事一途、葉子は専業主婦として家庭一途にそれぞれ忙しい毎日を過ごした。

当時は石油ショックやドルショックが一時的には日本経済を揺るがせたが、いざなぎ景気で安定成長が続き、給料も毎年上がり、住宅ローンの返済も年々楽になった良き時代であった。

私はボイラー生産課で六年目に入っていた。当時は石油ショックの影響でホーム用品部の業績が低下し、リストラの一環で三人の職員のうち一人を本社へ戻すことになり、私が本社へ転勤することになった。

当初は生産技術課へ戻ると聞いていた。しかし直前になって上司のO課長から武田重役へ挨拶に行きなさいと言われ、翌日に御挨拶に伺ったところ「これからは海外生産の時代だ。海外の仕事をやらないか」と薦められた。

結婚披露宴で主賓にお招きした人であり、公私共にお世話になった恩人でもあり、最も尊敬している方からの勧めだったので躊躇なくお受けし、本社の「生産管理部KD係」に配属が決まった。

時に三〇歳になっていた。同期入社の何人かは「主任」に昇格していた。

生産管理部KD係へ配属後の最初の仕事は、エレクトーンやピアノのKD（工場組立用）部品をアメリカやメキシコの海外工場へ輸出するための書類作成業務であった。工場へ出かけKD部品を写真撮影し、英訳し、部品リストを作り、輸出書類を作るのが主な仕事である。

半年も経つと仕事にも慣れて時間が余り、以前通信教育で学習したことがあった中小企業診断士の勉強を始めた。

当時の生産管理部には多くの書籍があり勉学にはもってこいの職場であった。午後三時頃には仕事が終わってしまい、時間を持て余し学習ができた。終業後には海外出張に備えて、週二日自費で英会話教室にも通った。

一年ほど過ぎた一九七八年秋、三一歳の頃だった。単純な仕事と読書に飽いてストレスが溜まり、終業後を待って武田重役に直談判をした。「以前の職場に比べると、仕事は単純で量は半分以下、大の男がやる仕事ではない。こんな仕事は女事務員で十分できる。この職場にいたら自分も成長しないし、会社にも貢献できないので、元の職場へ戻して欲しい」と迫ったのである。

私の言い分を最後まで聞いていた武田重役は怒るどころか、「今年一杯待ってくれ、君にふさわしい仕事を与える」と言われた。

これが私の運命を開くことになるシンガポール工場の立ち上げ仕事になる。

この日の帰り道は不思議なことに、会社の駐車場から家までに八個所ある交通信号機は全部青信号だった。そして帰宅をしたら、七月に受験した中小企業診断士の一次試験の合格通知が届いていた。

この日は不思議な一日であった。今思うと、葉子との出逢いが第一の運命の日、この日が第二の運命の日に違いないと思う。

四　シンガポール工場の立ち上げ

その日から二か月後の一九七八年の年末に武田重役から、「シンガポールへテニスラケットの工場を作るので、U副部長の下でその事務局を担当せよ」と新業務を拝命した。

この日を境にそれまでの生活が一変し、超多忙な日々が二年間続くことになる。

年が明けて計画が進み、いよいよ幹部社員一五名採用することになり、人事部の江藤さん（仮名）と私がシンガポール出張を命じられた。江藤さんはその後ヤマハの人事部長にまで出世したが、私が四九歳でヤマハを辞めてM社に転職した翌年にうつ病を患い、五〇代のなかばで、自ら命を絶ってしまった。私とは馬が合い、釣り好きで真面目な責任感が強い好青年だった。彼の死は今でも悔やまれてならない。

初めての待ちに待った海外出張である。期間は三月末から五月の連休明けまでの二か月足らずの間であった。

シンガポールの何から何まで初体験の連続であった。南国の果物のマンゴー、パパイヤ、ドリアン、スターフルーツ、インド料理、マレー料理、中華料理、インド人、中国人、マレー人、とにかくシンガポールの全てが強烈な印象として脳裏に焼きついた初の海外経験だった。

シンガポールではアポロホテルに滞在し、S建設会社の事務所の片隅を借りて江藤さんと二人で慣れない英語で募集、選抜、面接などの仕事をした。現地責任者のI氏、井上氏と知り合ったのもこの時である。

そして武田重役が来星し、最終面接を行い一五名の幹部採用を決定した。

その後日本へ招聘し、六か月間西山工場で研修を受けることになる。研修期間中、江藤さんと私が交代で、終業後に彼らの寮へ通い、日本語を教えることになる。これがその後、彼らとの信頼関係の原点となり、仕事で大いに成果を上げることになる。

一九七九年春から始まったジュロン工業地区での工場建設も順調に進み、年末には西山工場のテニスラケット製造設備が全てシンガポールへ輸出された。

年明けの二月の末には私も二回目のシンガポール工場へ出張し、設備の据付け工事などを支援した。

一九八〇年春には設備のシンガポール工場への移設が完了し、予定通り四月二一日にオープニングセレモニーが行われることになり、私も参加を予定していた。ところが上司の小池さんから、「代わりにKY君を出すのですぐに帰国せよ」と電話が入った。

理由は、私がシンガポールへ出張直前に、友人の岡田君に紹介した妻の妹の淳子と、岡田君が結婚したいと言っている。両親の同意を得るために帰国して説得して欲しいとのことであった。

岡田君は当時三二歳、アメリカ工場へ駐在が決まり結婚を焦っていたのだろう。また上司の小池さんの部下思いの気持には逆らえず、オープニングセレモニーを目前にしぶしぶ帰国した苦い思い出がある。

YMSは予定通り一九八〇年四月二一日にオープンし、テニスラケットの生産が始まった。岡田君は小池さん夫婦の媒酌で、その年の秋に結婚し、あたふたとアメリカへ発った。妻の葉子は結婚式に大きなお腹で参列し、翌日の一〇月二七日に誕生したのが次女の「幸恵」である。

五　小池春樹さんとの出会い

小池妙子様

先日は親友の井上さんと共に、小池さんの仏前で、多くの写真と共に、在りし日の小池さんの四方山話に花が咲き、懐かしい一時を過ごすことができて、有難うございました。

生前、小池さんから頂いた多大な恩情に、薄情者の私にはどうして恩返しして良いか分かりません。何時でもご自宅へ伺いますので、遠慮なく声を掛けてください。

私にとって小池さんは兄貴のような上司でした。公私にわたり、教えられ、甘えて、叱られ、喧嘩し、そして自己中、わがまま、短気で、やんちゃな私を何とか一人前の社会人に育ててくれた大恩人だと感謝しております。

小池さんとの初対面は、西山工場から本社生産管理部KD係に配転になり、暇を持て余して困っていた頃でした。

当時は上司のI係長とはウマが合わず、仕事も面白くなく、ふてくされ、毎日のように午後三時頃から、会議室に閉じこもり中小企業診断士の勉強をしていました。

当時の生産管理部は武田取締役、U副部長、N課長、I係長、小池さんはまだ主任だったと思います。

小池さんとの初対面は会議の席だったと思います。小池さんは針金みたいな細い身体で、眼鏡をかけ神経質で気弱そうに見えました。しかし会議での態度は正反対で、正論を堂々と雄弁に発言し驚きました。

本社にはすごい人がいるなと思うと共に、この人なら私の相談相手になると直感しました。

それから一月くらい過ぎた時に、私は海外工場へのKD部品の撮影とリスト作りの単調な仕事に我慢ができずに、上司でもない小池さんへ「何か仕事はないですか?」と申し出て仕事を貰ったこともありました。

そんなことがあってしばらくして、海外生産係ができて、小池さんが係長に昇進しました。そして名実共に小池さんの部下になりました。

六　海外工場プロジェクト

その年の年末、当時の二大プロジェクトがスタートした。

それは米国楽器工場（ＹＭＭ）と、シンガポールテニスラケット工場（ＹＭＳ）の海外工場設立プロジェクトだった。主に小池さんはＹＭＭ、私はＹＭＳの担当になった。

その時から私はそれまでのサボリ・ヤル気なしの不良社員から一変し、仕事に熱中するようになった。

ＹＭＳには問題が多発し、私は小池さんにいろいろ相談することが多くなり、結局助けて貰っているうちに、ＹＭＭだけでなくＹＭＳの仕事にも引き込むことになり、小池さんを多忙から超多忙にしてしまった。

小池さんがリタイヤ後に書かれているエッセイに、「疲労困憊で気分が悪くなり、ゴミ箱を抱えて会議に臨み、ヘドを吐いた事もあった」のは、この頃だと思う。

とにかく当時はＫ新社長肝いりの海外生産強化方針のもとで、小池さんや私だけでなく課員全てが使命感と情熱をもって懸命に仕事をした。

小池さんとはヤマハ社訓のことは話題にしたことはなかったが、今思うと社訓通りに生きた人だと思う。

日本楽器株式会社社訓「本社に勤務する者は、勉学修養を心がけ、親切至誠を持って事にあたり、職務を愛好し実行に敏に、特に規律協働を尊び、不撓不屈の精神をもって工夫改善に志し、業務を通じて国家社会に貢献し、以って有用の材たらんことを期すべし」の一字一句を実行した稀有な方だと思う。

高い志を持った人ほど、志半ばで凶刃に倒れる。小池さんは病気で倒れた。本当に残念至極だ。

ＹＭＳの計画、工場立ち上げ、生産開始、安定生産までの約二年間で、私の社会人としての基礎ができたように思う。その大恩人が武田さんと小池さんです。

当時の思い出としては、ＹＭＳのオープニングセレモニーの直前に帰国せよとの電話を受けて、渋々帰国したこと、わざわざかついでか知らないが、私がシンガポールに長期出張中に来星し、「今度お前より二歳年上のＩ君を主任にする。彼は俺が主任にしないと、年齢的にも一生平で終わるかもしれない。お前は仕事もできるし何時でもなれる。もう一年我慢しろ」と言われた。翌年私も主任に昇格したが、これは生涯で最も嬉しい時の一つだ。今でも当時を思い出すと目頭が熱くなる。

小池さんは女性社員にもモテた。そういう目で男性を見回すと、女性に嫌われるような男性はダメだとこの頃知った。

そして正直・フェアー・オープンな言動こそ土壇場では強い事も、小池さんの率先垂範行動から学んだ。そんな価値観や性格はよく似ていて、その後お互いに言いたいことを言える兄弟のような仲になったのではないかと思う。

七　高雄ヤマハ担当主任として

そして小池さんと仕事をするうちに、上司としてより兄貴のような感情を抱くようになった。それは人間としての生き方や性格に共通点が多かったのだろう。その感情が私の甘えとなり、小池さんに迷惑を掛けたことも多かったと思う。

小池さんのお宅には酔っ払って度々伺った。二階に上がり本棚を見せて頂き，私の書物と同じような本が多いのに驚いた。

またある晩遅く呑んだ帰り道に、ご自宅へ立ち寄り、泥酔して居間でヘドを吐き、奥さんに大迷惑をお掛けしたこともあった。

そんなことがあっても一度も門前払いすることなく、何時伺っても玄関に出て来られ「おう、外山か、上がれや」と言って快く私を迎えてくれた。

正義感が強く、大きな心で、真っ直ぐで、他人にも自分にも正直で、誰にも親切で、上下を区別せず公正で、威張らず、諂わず、人を見下さず、聡明で……。正に私の尊敬する福沢諭吉のような人だったと思う。

私はシンガポールから帰国後に主任に昇格し、高雄山葉の担当に変わった。

ＹＭＳへの愛着や思い入れが強く、ＹＭＳの担当を続けたいと小池さんにごねた時に、「甘えるな、外山君。好きな仕事を、好きなようにやって、出世もしたいのは欲張りだ。今度主任になったのだからもっと大人になれ」と諭されたことが印象に残る。

当時は本社へ転勤になり、すぐに始めた英会話教室通いと、ＹＭＳ現地社員一五名との日本研修の六か月間の交流を通じ、多少英会話もできた。

上司には、小池さん、部下にはＴ君（故人）、と三名の女性、この頃が私のヤマハ人生で最も安定し恵まれた時だったと思う。

八　再びシンガポール工場へ

ＹＭＳ担当から離れ、高雄山葉担当になり三年目（一九八三年）の一月末の出来事を鮮明に思い出す。当時はＹＭＳ設立後約三年が経っていたが、テニスラケットの生産遅れと品質低下が本社内で大問題になっており、多くの人がＹＭＳへ長期出張支援をしていた。

当時のＹＭＳ支配人が突然海外生産課（当時は係から課へ格上げ）へ出張に来られ、武田重役とＭ課長、小池さんとヒソヒソ話をしているのだ。何か事件でも起こったのかな？　と思った。

その頃に駐在員の長尾さん（仮名）が病気で帰国するらしいという噂が立った。私は当然ＹＭＳ担当のＫ君が長尾さんのピンチヒッターで長期出張すると予想し、その日の晩はシンガポールで知り合った飯田さんと二人で飲む約束をしていた。

ところが、午後三時頃に小池さんに会議室に呼ばれ、「長尾君が病気で帰国することになった。代わりに外山君が行ってくれないか、今晩奥さんに了解をとってほしい。

明後日のシンガポール行きエアーチケットは予約済だ」と言われ驚いた。

私は「YMS担当のK君が行かないでどうして私が行くのですか？　私は高雄ヤマハの担当です」とまたゴネた。


就業後は約束通りに友人の飯田さんと、元浜町の行きつけの飲み屋「高瀬」と小豆餅のスナックで遅くまで酒を呑んだ。

当時は、会社や仕事優先の滅私奉公タイプで忠誠心の強い人が多いようだったが、私は友との約束を優先した。

呑んでいるうちに三月に生まれる予定の第四子の名前を決めなければならないと思い出し、男子なら「充春」と決めた。

「充」はM課長の充二から、「春」は小池さんの春樹から一字ずつを勝手に頂いた。女子が生まれたらワイフが好きな「綾子＝あやこ」と決めて夜遅く帰宅した。

そして腹を決め、翌朝出産間近のワイフにシンガポール工場への長期出張を告げて、翌日のSQ便でシンガポールへ発った。

開港したばかりのチャンギー空港へ到着し、タクシーでYMSの門をくぐり工場へ入った。

三年前と全く同じ光景と元研修生（幹部社員）達の懐かしい顔に目頭が熱くなった。そして長尾さんは何処に？　と当時の駐在員の井上さんに尋ねると、「今日の飛行機で家族と一緒に帰国した」と聞かされた。南シナ海上空一万mで彼とすれ違ったのか……。

そして彼のデスクに座ると、MR．S．TOYAMA　DUPTY　PRODUCTION　MANAGERと書かれたネームカードが机の上に置かれてあり、マネージャーのMr．NGさんの手回しの良さに驚いた。

長尾さんのデスクに座り引き出しを開けると、私宛の封書があり、便箋一枚に書かれていたことは、「自分は全力でやったが刀折れ矢は尽きた。後はお前に託す、YMSは絶対に潰すな」というようなことが書かれてあったと記憶している。

そして工場の中を見て回った。至る所に積まれたテニスラケットの間から、三年前の懐かしい顔があちこちからニコッと微笑んで、私に「なんとかして下さい」と哀願しているように思えた。

それから帰国までの約四か月間は、ヤマハでの私の生涯で最も働いた時だ。当時に出会った人たちの中に今でも多くの親友がいる。

真剣に生きた時間は短くても、老いた時にはその思い出が多く、長く感じられるものだ。逆にノンベンダラリンと過ごした時間はいくら長くても、何も思い出が無く、短く感じるものです。

だから老いた時に思い出がどれだけあるかで、その人の人生の充実度・幸福度が決まるのではないのだろうか。

九　シンガポール工場再建

当時のYMSは社員約一五〇名、日本人駐在員二名、長期出張応援者が私を含め一〇名程度、テニスラケットの生産数は月に一万五〇〇〇本だったが、生産遅れが慢性化し、累計約一か月分にも達していた。

生産遅れを解消するために、午前中はデスクワーク、午後から夜の十時頃まで、支配人、女性事務員などの全社員が生産ラインに入り、人海戦術で作業をするのが常態化していた。

しかし生産は遅れるばかりであった。生産には5M（設備・人・材料・モラル・メソッド）が必要だが、当時のＹＭＳは、設備は故障だらけ、人は頭数だけ、材料は在庫切れ、モラルは低下し、メソッド（標準類）も不十分で、成り行き任せの生産管理でどうしようもない状態だった。

金型の増設、不良在庫の処分、作業者教育訓練などの提案は、支配人に受け入れられず、帰国した駐在員の長尾さんの住んでいたマンションに帰宅後に、小池さんに国際電話を掛けて、愚痴、不満、支配人との軋轢などを話した。

ある時、テニスラケットのグリップ成型金型の増設案を、支配人が同意してくれないので、夜中に小池さんの自宅へ国際電話をかけて、「支配人を帰国させるか、俺を日本へ帰すか、明日までに決めてくれ、会社なんか辞める」と乱暴なことを言って小池さんを困らせたこともあった。

その時小池さんは「外山君、いくらお前の意見が正しくとも、実行できなければ意味が無い、明日朝にもう一度冷静に支配人に説明し、土下座してでも説得し、それでもダメなら電話しろ。ＹＭＳにいる間はお前の上司は支配人だと言うことを忘れるな！」と諭されたことを鮮明に覚えている。

結局小池さんの進言通りに翌朝支配人に説明した所、「外山君がそこまで言うなら、やってみるか」と理解してくれた。

そして早速その事を小池さんに電話で報告したところ、「良かったな、お前しかいないのだよ、YMSを立て直す奴は」と言われ、感激し涙が出てきて、「よし死ぬ気でやってやるぞ」という気持ちになった。

赤道直下で常夏の国シンガポールでは、外気温は三五度、工場の中も三〇度を超えて、汗びっしょりで毎朝八時から夜の一〇時近くまで働いた。

現地社員が帰宅した後に、数千本の不良品を切断し大型ダンプへ積み、埋め立て処分をしたり、休日は設備の修理などで休みも取れず、一か月で体重が六kgも減ったのもこの頃だった。

二月七日の三六歳の誕生日に、エアーコンプレッサーの修理のためMr．SAM Foongと日曜出勤し、休憩時間にホースレース（競馬）に行き、三六九の三連単が的中し、一〇ドル馬券が一二〇〇ドルの配当になり、その金で土曜日にSEA FOOD Restaurantで現地社員達と食事をしたこと。バレンタインデイに本社海外生産課の女性軍からチョコレートが送られてきたこと。三月三日に次男「充春」誕生の電話があった事など嬉しい事もあった。

四月半ば頃から生産が順調になり、生産遅れ、品質不良が減り始め、やっと泥沼から這い出て、先が見えるようになり、社内の雰囲気も明るくなった。リーダーが本気で死ぬ気でやれば、周りが助けてくれることを実感した貴重な体験であった。

五月中頃には生産遅れもわずかになり、不良返品も半減し、生産も安定したので、そろそろ帰国するのか、それともYMS駐在員として働くのか、と気にする余裕が出た頃、両親をシンガポール旅行に招待した。

マレーシアのジョホール、マラッカへ支配人の車を借りて旅行した。終戦後に父が中国からマレー半島を南下し、三か月ほどシンガポールに残留したことを知ったのもこの時だった。

父は行く先々で当時を思いだして感慨にふけっていた姿が印象に残る。これは私の生涯で最大の親孝行になった。

両親と同じフライトで、同期入社のNさんが長尾さんの後任として来星し、私の仕事は一週間ほどで引き継ぎ、六月にマレーシア、タイ、台湾のテニスラケットの部材サプライヤーを訪問して帰国した。私に同行して本社へ研修にきたのが、MR.SA

Ｍ Ｆｏｏｎｇでした。

彼はその後も交際が続き、二、三年に一度は日本かシンガポールで逢い、旧交を温める仲が続いている。

一〇　部材部への配置転換

約四か月のＹＭＳ長期出張からの帰国途中に、台湾のピアノ製造拠点の「台湾山葉」へ立ち寄った。

工場は台北から約五〇ｋｍ離れた桃園県龍譚郷という田舎にあった。周りは茶畑で、野球場ほどの広い敷地の中に三棟の平屋工場があり、地下には防空壕兼社員食堂があった。この食堂で初めて食べた客家料理の味は今でも忘れない。そして二年後にこの工場に駐在することになるとは夢にも思わなかった。

本社へ戻ると、職場の仲間達には凱旋将軍のように歓迎され、任務を果たした達成感で一杯であった。

しかし一週間もしない内に、Ｍ課長と小池さんに呼ばれ、「高雄山葉・ＹＭＳはもういから、電子楽器の海外生産の担当をせよ」と言われた。

当時はK社長が更迭され、世襲三代目のKH新社長に変わり、機能別組織から事業部組織への移行時期でもあり、電子楽器事業部内にも自前の海外生産課が出来ていた。西山工場からKD係に来たときのあのつまらない仕事に戻ると思い込み、当時それは私の「トラウマ」になっていた。

やる気は失せて、再び不良社員に逆戻りするのも早かった。

上司のM課長と小池さんへの不信感も高まり、一月も経たない内に退職を決意し、ある経営コンサルタント会社へ転職することが内定した。媒酌人の池谷さんにだけその旨を伝えた。

それが翌日に武田重役の耳に入り、小池さんに伝播したのだろう、小池さんに呼ばれ私の真意を問われたが、正直に退職の意志を伝えた。

当時を思うと、中小企業診断士の資格はあるし、英会話も多少はできて、働き盛りの三六歳、自信過剰で慢心の極みだったのだろう。

しかし辞表提出を一週間ほど躊躇していたところ、「部材部管理課」へ転勤の辞令が出た。今に思うと、小池さんは「泣いて馬謖を斬る」選択をしたのか。或はあのバカ外山には愛想が尽きたと思われたのではないか。そんな親心にも気づかず、何時でも辞めてやると、無反省な態度で七月に新職場へ移動した。

部材部は男子社員中心の約七〇名の大所帯、仕事はいわゆる外注下請けの総元締めである。熊部部長（仮名）・K副部長の二人が絶大な権力を持ち、共に大酒飲み、豪放磊落との風評が社内外にあった。

熊部部長とは面識があった。三年前にシンガポールのアポロホテルで一緒に飲んだ時に魅力的な人だと感じていた。その後もＹＭＳでの管楽器の仕事で面識があり、なんとなく好意を抱いていた。

二人とも噂どおりの大酒飲みだが、太っ腹で人間味のある方で、度々飲みに誘われご相伴に与ったこともあった。

外注先の統廃合を目指した「核外注化」方針の下に、K社やN社への新工場の立ち上げにのめり込んでいった。外注工場を飛び回っているうちに、いつの間にか退職のことは頭から消えていった。そして早くも次の転機が訪れた。

一九八四年の年末だった、前職場のM課長が熊部部長の席に来て何かを話している。当時の部材部はワンフロアーの長方形の職場で、私の席はその角にあり、部内の動向が全て見渡せる絶好の位置であった。

その日の翌日、熊部部長に呼ばれ、「台湾山葉駐在の話があるがどうか」と言われた。あの田舎の防空壕兼食堂の古い工場が頭をよぎったが、たまには会社の言うとおりに従ってみようと思い、素直に「部長にお任せします」とその場で言い切った。そして翌週から中国語教室に通い始め、台湾駐在の準備を始めた。

雪がちらつく二月半ばの寒い日だった。妻と幼い四人の子供達に浜松駅の新幹線ホームで見送られ、台湾の旧正月の最中に台湾へ赴任した。

当時はまだ武田重役、M課長、小池さん、そして熊部部長などの好意や深謀遠慮には気がつかないで、あいも変わらない生意気盛りの三八歳になったばかりであった。

二 台湾山葉へ駐在

台湾山葉へは一九八五年二月から一九九〇年十一月まで五年九か月駐在した。

前半の三年半は近くに日本人学校があり、治安も良いと言われる台北の高級住宅地の「天母」に住んだ。

朝七時前に車で出勤、当時の台湾は高速公路が開通したばかりで、運転マナーも道路事情も悪く、片道五十ｋｍ余りの運転は疲れた。

始業時刻の八時ぎりぎりに会社へ着くと、日本人は工場長のＴさんが一人だけ、社内は中国語の世界、会議も全て中国語でチンプンカンプン（聴不懂看不懂＝聴いても看ても分からない）だった。

終業時刻の五時に退勤し、車で台北の自宅へ帰宅するのは七時過ぎで、週に二日は家庭教師による中国語学習が待っていた。

家庭教師はクラブでアルバイトをしていた当時の中国文化大学の女学生であった。日本語が全く話せないし、美人とは言えないが、歌手のテレサテン並みの美声の持ち主で、熱心に私に中国語を教えてくれた。

五月には家族も来台し、六人家族の賑やかな生活が始まった。長女と長男が小学生、次女が幼稚園、次男は三歳になったばかりであった。

週末の退勤後には台湾人社員とよく酒を飲んだ。飲酒運転で警察に捕まったり、バスと接触事故を起こしたり、交通事故も何回かやった。当時はゴルフもやったし、妻には内緒でクラブの「小姐」とも遊んだ。

赴任後一年ほどして中国語も少し分かるようになり仕事にも慣れた頃、工場長が交代した。

この頃から台湾は戒厳令が解除され、蒋経国総統が逝去して、台湾人初の李登輝総統が誕生し、民主化が進み、韓国から始まった労働運動が台湾にも伝播し、工会（労働組合）活動が活発化した。

日本では昭和から平成へと時代は変わり、バブルの最中で、土地や株価が急騰し、衛星放送を通じ、日本のニュースが台湾にも入り、中国では天安門事件が勃発した。また台湾へは韓国製のピアノが押し寄せ、内外ともに激動の時代であった。

気がついたら駐在三年が過ぎ四一歳になっていた。仕事にも中国語にも慣れて余裕が出た。日本の本社では、同期が次々と管理職になっていく。しかし俺はまだ主任のままだ。

焦りと不満を持ち始めると、総経理（社長）や工場長へ不信感が芽生えた。当時は工場長の交代に続き総経理（社長）が代わったばかりで、三年で上司が四人も代わり、人事考課は誰がやっているのか？　と不信感が高まった。

当時の本社では、武田重役がＫＨ新体制に反発し退社し、事業部制が進み、部材部や海外生産課は解散し事業部に吸収され、熊部部長は部材部→生産技術部へ、M課長は電子楽器事業部へ、小池さんは資材部へ移動し、同僚社員は事業部へ散り散りバラバラになってしまい、内外ともに激動の時代だったと思う。

そして、遂に私にも不満が爆発する時が来た。

当時、台湾山葉は海外事業本部の傘下にあり、年に一度、所轄部門長が現地法人を訪問し、駐在員と個人面談する制度があった。

私は面談日に思いのたけをぶつけようと準備をした。本社から来たのはA海外本部長とN営業部長であった。会議室に呼ばれ面談が始まった。私は退職を考えて家族を日本へ帰し、台北から工場近くの「龍譚」へ引っ越す準備を始めていた。

開口一番に「台湾山葉で三年間頑張ってきたが、上司はコロコロ変わり、私の人事評価は低く、昇進も昇格もしないので会社を辞める」と明確に不満を述べた。

翌日、面談の内容を知ってH総経理が台北から飛んできた。そして私に辞めてもらうと困ると言われた。

こちらもダメ元で、「私を管理職にするか、工場長にするかどちらかだ」と条件を付けた。

当時の工場長は病気で台北からの車通勤もできなくなり、専用の運転手を付けるようになり、八月に帰国されたのである。

後任はなくしばらく私が工場を仕された。もし工場長が健康であったなら、私は退職していただろう。運命とはどう転ぶか分からない。

それから帰国までのおよそ三年間は水を得た魚のように、全知、全能、全力で仕事をした。ピアノの品質改善やJIS規格の取得、部品の現地調達化、生産ラインの自動化などを短期間で実施し、ピアノの品質は日本製品と同等になり、一時期韓国製ピアノに取られたシェアーも奪回し、管楽器や小型エレクトーンの新製品も増やし、会社の業績は過去最高を記録した。

リーダーが本気で死ぬ気で率先垂範すれば、周りが助けてくれ、どんなことでも成功する。YMS工場の再建時に続き二度目の成功体験だった。そして二年後に、やっと念願の管理職になった。時に四三歳であった。

この頃の日本はバブルの発生と消滅、昭和から平成へ、ヤマハは社長交代で混乱し、熊部部長、M課長、小池さんも辛い日々を過ごしていたのだろう。

そんな頃、小池さんが奥さんのご両親と共に来台し、友人の黄老板の運転で台湾北部、台北市内、新竹市などを観光案内し、大変喜ばれたことは私のわずかな恩返しかもしれない。

小池さんは高雄山葉からの帰途に、わざわざ台湾山葉工場に立ち寄り、私が住む龍譚の汚いアパートへも来られて、私の私生活を心配してくれた。本当に「亡くなって初めて分かる親の、じゃなくて上司の恩」である。

一二　台湾から帰国、本社へ戻る

台湾から帰国後は「海外本部企画推進室」という職場へ配属になった。本社の八幡事務所の二階にあり、周りは重役、監査役、部長等の偉い人ばかり。課員も全部エリート管理職で、仕事は少なく暇で会社にいるだけで疲れてしまい、ちょうど西山工場からKD係へ来た時と同じような心境になった。

元来、じっとしていられない性分で、待つことが大の苦手で、短気で、行動的な私には我慢ができず、三か月でこの職場を飛び出すことになる。

今になって振り返るとまさに「人生の禍福はあざなえる縄の如し」である。

台湾から帰国当時、熊部さんがピアノ事業部からスポーツ事業部へ移動していた。YST（ヤマハスポーツタイ）の再建のために白羽の矢が立ったのか？　それともKH社長に逆らって、左遷させられたのかな？　と思った。

当時のヤマハは事業部制が進み、著名な経営コンサルタントO氏に五億円のコンサルタント料を払ったとか、北海道のスキー場を何十億円で買ったとか、役員はイエスマンだけが残り、挙句の果てに二人の役員を外部から入れるとかの悪いうわさが社内に充満し、社員の人心も乱れていた。

そのうち某証券会社から常務取締役として入社したH氏がスポーツ事業部担当常務で、熊部さんが取締役スポーツ事業部長として机を並べ、二頭政治の悪いお手本のような体制であった。

私は暇を持て余し、スポーツ事業部のある西山工場へ熊部さんに会いに行った。机の上の赤箱青箱には決裁書類は少なく、電話の内線番号は四四四で最悪、悪い予感がした。

熊部さんは私が行くと嬉しそうに笑顔で迎えてくれ、愚痴ひとつ言わず堂々とした姿に、男らしさを感じ、改めて惚れ直した。そしてYST再建のお手伝いをしたい旨を自ら申し出たのである。

一三　タイのスポーツ工場（ＹＳＴ）

一九九一年三月にスポーツ事業部へ配属になり、すぐに人事部の江藤さん（仮名・故人）とタイへ一週間ほど出張調査に出かけた。

江藤さんとはＹＭＳ幹部社員の採用のために、初めて一緒にシンガポールへ海外出張をして以来の仲で、その後もＹＭＳ立ち上げの仕事や、趣味の魚釣りで親しく付き合っていて、私とは非常にウマが合った。彼はその後人事部長の要職につき、心労が原因で鬱病になり自ら命を絶ってしまった。私にとって、野球チームのエースの高野さん（仮名）、ＹＭＳ駐在員の長尾さんに次いで三人目の親友を失うことになる。

当時のＹＳＴはゴルフとスキーの生産拠点として設立後三年ほど経過し、社員数は約三〇〇名でＹＭＳの二倍の規模であった。

七名の駐在員はバラバラで、本社への不満と愚痴が飛び交い、スキーの品質不良品が工場空き地へ山積みされており、生産遅れも慢性化し、その上現地社員の労務問題も発生し、ＹＭＳの三年目よりヒドイ状態だった。

そして江藤さんと一緒にタイの日系企業を数社訪問し、各社の労務管理状況を調査して帰国した。

その後、一か月単位で出張支援を繰り返している内に、ＫＨ社長とＵ副社長の不仲説や、元常務のＫ顧問がスポーツ事業部へ来るらしいとの噂が流れた。

そして七月の蒸し暑い日だった。スポーツ事業部の管理職全員が集会場へ集められ、人事担当重役から事業部長交代の人事発表があった。Ｋ顧問が事業部長代理としてくることになった。熊部さんは更迭され、その日の内にデスクを整理し帰宅、その後は二度と会社へは来なかった。

翌週私には「ＹＳＴプロジェクト」の辞令が出た。まず当時の業務として、ＹＳＴ工場の存続か、全面撤退か、縮小再出発か、の意志決定資料を作った。

当時のＹＳＴは年間売上高を上回る借入金、高い支払利息（一〇％）、資本金は使い果たし債務超過の財務状態、生産は泥沼状態で再建は難しいと報告した。そして全面撤退の方針が決まり、それまでのＹＳＴ支援の仕事から撤退の仕事に一八〇度転換することになった。そしてＰＪリーダーのＨさんがＹＳＴの幕引きにタイへ駐在することになりPJは解散、私はスポーツ事業部品質管理課長、購買課長を半年、購買業務専任となり半年、とめまぐるしく仕事が変わった。

事業部の業績は低下の一途、私もアウトプットを出せずに二年が過ぎた頃の年末、秋葉原のスポーツ店へスキーの販売支援で出張中に、K顧問のあとに新たに事業部長になったM部長が見えられ、「資材部G100プロジェクト」への転勤内示があった。

スポーツ事業部に在籍の二年半は苦い思い出だけが残った。職場を転々と変わり、親父は七四歳でこの世を去り、私は四六歳になっていた。その頃からまた将来を心配し、毎朝四時起きで社会保険労務士の資格試験の学習を始めていた。

YSTの撤退を機にスポーツ事業部は数年後に消滅することになる。三年ぶりに本社へ戻った。U資材部長はホーム用品部時代から面識があり、気心も知れていた。

G100プロジェクトは専任四名、兼務二名のメンバー、円高対応のために一〇〇億円の部材を海外調達するのがミッションであった。

一四　不満と転職のきっかけ

一九九三年から進んだ円高は、一九九五年には一ドル八〇円を割り込み、史上最高値をつけた。

楽器部品の海外調達によるコストダウンは会社の重要な政策であったが、いずれ円安になればプロジェクト（ＰＪ）が解散することになることは目に見えていた。

ＰＪメンバーの士気は低く、資材部の地下室へたむろし、仕事をやっている振りをしていた。ＰＪリーダーは資材部長とは犬猿の仲、定時に会社へ来ることはまれで、いつも十一時頃出勤する有様で、メンバーのモラルは最低であった。

「五〇歳で経営コンサルタントとして独立」という長年の夢を実現しようと決心し、社会保険労務士資格取得の勉強に拍車がかかった。

当時は通信教育を基本に独学で勉強した。朝は四時起きで出勤前に二時間、土曜日は終日近くの図書館へ篭り、海外出張中もテキストを持参しホテルで勉強した。私は年間八〇〇時間の学習計画を立てて実行した。

そして、月に二日は名古屋へ通学し、受験直前には休暇をとり、京都へ三日間泊り込みの受験模擬講座を受けたりして、万全の受験対策をした。

一九九五年の秋、時に四八歳になっていた。シンセサイザーの台湾生産移管のための現地調査で台湾へ出張中だった。高雄のホテルへワイフから社会保険労務士の合格通知が届いたと電話があった。

三回目の受験でやっと合格した。その年の合格率は九％台であった。私の生涯で最も学習した二年半であった。

予想通りG１００プロジェクトは二年と持たず解散、私は戻る職場がなく資材部に残り、ピアノ部材の海外調達の仕事を続けていた。

やがてU資材部長は役職定年になり、小池さんが資材部長に返り咲いた。会社はK体制が崩壊し、U社長になっていた。

ピアノ部材の台湾からの調達や、シンセサイザーの台湾高雄ヤマハへの生産移管などで私なりに業績を上げていたと自負していた。

しかしピアノ事業部の古い体質を「シーラカンス」呼ばわりしたりして軋轢を生み、資材部での居心地は悪くなり、短気で、わがまま、思い込みが激しく、直情怪行などの私の欠点が出るようになった。

台湾から本社へ戻りすでに六年が経っていた。この間に職場を転々と変わり、辞令は七、八枚になっていた。そして管理職の最低レベルのＭ１（当時の管理職の等級はＭ１～Ｍ６の六段階）のままの不遇に不満も溜まった。

当時は小池さんが私をどのように見ていたかは分からないが、大変な心配とご迷惑を掛けたと思う。

しかし不遇をバネに勉学し、社会保険労務士の資格を取ったし、転んでもタダでは起きない逞しさは、幼少時代の貧苦生活から生まれたと思う。「若い時の苦労は買ってでもしろ」と言った先人の言葉が身に沁みた。

阪神大地震があった翌年の一九九六年二月頃だった。私の人生で最大の転機が訪れた。

台湾出張中の高雄山葉へ、突然に名古屋のＭ社と言う会社のＳさんという方から、「当社の資料をファックスしますから読んでください。一時間後にまた電話をします」と電話があった。Ｓさんからファックスで送られてきた資料によると、Ｍ社は当時のＩＴブームに乗って、ＰＣ周辺機器で急成長の、名古屋に本社を置く若い会社であった。

そしてSさんから、「帰途に名古屋駅で一時間だけお会いしたい」との旨の電話があった。ちょうど台湾出張中にオープンしたばかりの関西国際空港へ戻る予定だったので、帰途の夜七時半名古屋駅で会うことを約束した。

そして二度あることは三度、いや三度目の正直で、翌年の六月に三一年間勤続したヤマハを辞めることになる。

一五　M社へ転職の決心

高雄山葉からの帰途に名古屋駅でM社のSさんと会った。彼は郵船航空（株）の親友である飯田さんに似て、明朗快活でバイタリティに満ち溢れた方で好感が持てた。

話の内容は「台湾へ工場を立ち上げ一年経ったがガタガタなので、私に再建して欲しい」との事だった。

当時のM社はITブームに乗り、PC周辺機器で急成長し、一九九五年の日経新聞の優良企業ベストテンに入り、前途洋洋の若い会社であった。そして現地法人の社長として会社経営ができる。悪い話ではないと思った。

そして、年明けの二月に名古屋の本社でM社長と面接し、「是非当社へ来て欲しい」と懇願された。台湾現法の総経理（社長）として台湾へ駐在し、年俸はヤマハ以上払うと言われ心が動いた。

その後、ヤマハへ残るか、M社で再出発するか、大いに迷った。

その頃のヤマハは業績が低迷し、管理職五〇歳以上の「早期退職優遇制度」もあり、リストラの噂も出ていた。そして四月一日より、早期退職優遇制度は五〇歳以上から四五歳以上に引き下げられた。当時私は四九歳だった。

不満も溜まり、ヤマハにいても万年M1だ。親父が言っていた「ヤマハでは、お前はやっとこ課長だ」が現実になったと思い、さすが親父の先見の明には変に感心した。

ヤマハに見切りを付けようと思い、人事部のMさんに電話し、私の退職金額と高雄山葉へ駐在した場合の年俸を試算してもらった。

そして遂に決断した。ヤマハを辞めてM社へ行こうと。そして経営コンサルタントとして独立の夢は、五年先延ばしにして五五歳とした。

四月に入り退職願いを書いて、小池さんの所へ持っていった。そしたら何も言わずに「退職願いは直属上司のO副部長に出すように」と言われた。そして再就職先を確認されたので、会社四季報のM社のページをコピーし、退職願に添付して○副部長に再提出した。たぶん小池さんはこのとき既に私の退職の動きは察していて、私にアイソが尽きたのだろう。

資材部の送別会の席で「外山が辞めると言い出したのは三回目だからな」と。そして色紙に、「GO Your Way!」（おまえの道を行け！）と書いて頂いた。

五月にはYMS以来の真友井上さん（当時ピアノ事業部管理部長）が発起人で、ヤマハ関係の諸先輩や友人四〇数名が、名鉄ホテルで私のために「感謝激励会」を挙行してくれた。

嬉しさと寂しさと感謝の気持ちで胸が一杯になり挨拶にはならず、やたらと涙が出たことを昨日のように思い出す。人前で涙を見せたのは、台湾山葉から帰国の際に中正空港で現地社員の見送りを受けた時以来であった。

そして一九九六年六月一五日付けでヤマハを退社し、六月一七日付でM社へ入社した。ヤマハ勤続三一年三か月、退職金は税込みで五三〇〇万円であった。今振り返ると私の定年退職日はこの日であったと思う。

第四章　M社へ転職、パーキンソン病の発症

一　M社へ転職、再び台湾へ

M社へ入社し、一九九六年六月三十日に意気揚々台湾へ単身赴任した。当時まさかパーキンソン病を患って四年後に帰国し、翌日M社を退職することになるとは夢にも思わなかった。

台湾子会社は台北市の隣町の「三重市」にあり、地上十階建のビルの七階ワンフロアーに社員およそ九〇名（内日本人駐在員五名）の規模で、地階にはカリフー（家楽福）などの大型商業施設があり、生活にはとても便利、工場は最新鋭設備と若い社員で明るい雰囲気だった。

しかし設立二年目なのに会計処理は外部任せ、月次決算は行われておらず、有るのは年次ＰＬだけ、自前で月次仮決算ができるようになり、最初のバランスシート（Ｂ

S）ができて会社の財務状況が分かったのは年末だった。
フランスの某会社に不良債権があるのを見つけ、その回収のために、パリまで一人で出かけ、やっと二〇％ほど回収したのに、管理責任をM社長から問われ、自ら報酬の三〇％を三か月間カットしたこと。通常会社の会計費目には「雑費」があるが、M社では雑費は認めないとか、名古屋の本社へ報告に行き、M社長に頭ごなしに叱られたことなど、創業オーナー社長特有の厳しさを知らされた。それからは、毎週一回は直接社長宛にFAXを書いて報告することにした。

そして翌九七年の新年を迎えるに当たり自前の経営方針を作った。
①公正公開
②率先垂範自己行動
③人質提高少数精鋭
④高能率高薪水
⑤合作団結
それからしばらくは心身とも最も充実し、それまでの経験と能力をフル稼働し、ヤマハ時代の二倍は働いたと思う。

M社長からも信頼され、得意の絶頂の頃だった。絶頂とはどん底への前触れとは思わなかった。

妻も帰国するたびにP病の症状で顔色が悪くなる私を心配して、台湾へ度々来るようになった。

当時の日本はアジア金融危機の影響で山一證券の倒産などの暗いニュースが多く、ヤマハの業績も最悪、多くの管理職が退職勧告をうけ、渋々ヤマハを去っていった。小池さんが取締役になったと聞いたのはその頃だった。ヤマハを見限り転職した私は、この頃が小池さんとは最も疎遠な時期だったと思う。恩は忘れ昇進のお祝いもしなかった。

私はM社への転職は絶対に成功させる、ここでギブアップしたら名鉄ホテルで感謝激励会をして頂いた先輩友人四〇数名の期待を裏切ることになると思い、もう一年頑張ろうと決意を新たにし、酒もタバコも断ち台湾で治療を続けた。

一九九九年の秋、妻が台湾に来ていた時に台湾大地震に遭遇した。深夜の午前三時頃だった。揺れる部屋で二人身をかがめ、翌朝に地震の被害を目の当たりにして、そろそろ年貢の納め時かなと思った。

志半ばで新天地を去ることは残念無念でたまらなかった。何で俺がこんな病気になったのか、部屋で一人になると、動きにくい右手を左手の拳で叩き、悔し涙を流したことも何度かあった。健康の重要さ、ありがたさがこれほど身に沁みたことはない。

当時の役職は理事で、役員手前であった。もう二年発病が遅ければと、地団太して悔しがった、が病気には勝てない。そしてSさんに、二〇〇〇年の六月末で辞職したい旨を伝えた。

二　パーキンソン病で台湾から帰国

後任のY氏が来台した。業務を引き継ぎ帰国するまでは、アフター5の飲食やカラオケは断ち、毎日整体治療に通い、晩酌の代わりに漢方薬を飲む日々であった。

退社の決意をしてからは、帰国時にヤマハでの最後の職場の資材部へも行き、懐かしい顔に逢った。その時だった、小池さんから「俺も庭で転んだ、字も書き難くなった」と聞いた。ひょっとしたらパーキンソン病かもしれないと悪い予感がした。

当時、我が家は、長女が大学卒業後、教員採用試験に二回落ちてフリーター、長男も大学を卒業したが就職ができずレストランのアルバイター、次女は短大二年生、次男は高校を一年生の夏休みに中退し、ヒキコモリ寸前の状態であった。

かつて父が結核を患って働けない時と同じように、我が家の大黒柱も倒壊寸前であった。

それでも妻は気丈に、明るく一家を支えてくれた。そんな妻には今もとても感謝している。

当然私は退職後の経済的な計画は立てていた。健康保険の「傷病手当金」を一八か月で約八〇〇万円、その後「失業手当」を一〇か月で三〇〇万円、ヤマハの退職金、預貯金……。等々で七〇歳までは経済的には何とかなると。

ところが取り返しができない大失敗をやらかした。うかつにも傷病手当金の受給申請をせずに、帰国日の翌日に退職をしてしまった。帰国後に有給休暇を取り、在職中に傷病手当金の受給申請をすれば受給できた約八〇〇万の傷病手当金がパーになってしまった。後の祭りである。悪いことは続くものである。

退職後はしばらくM社顧問として毎月一回、台湾へ二泊三日の出張を八か月続け、翌年二〇〇一年四月から、完全に「無職」となった。月一回のハローワーク通いが始まった。

その頃人材紹介会社の紹介で、日系中国工場へ再就職したが、病気には勝てず一月もたずに退職した。海外で働くのは諦め、地元の近くの会社で働こうと思った。車で二〇分ほどにあるTS社というメカトロ会社の求人に応募し採用され、失業手当が切れた翌月の二〇〇一年八月に入社した。

そしておよそ二年勤務し、今度こそはと在職中に傷病手当金の受給を確認して退職した。しかし標準報酬は、M社時代の六割程度の約四十万円、傷病手当金は月に二四万円一八か月で四〇〇万円にしかならなかった。

その頃はP病の病状も安定し、元気が出てきたので、長年の夢であった経営コンサルタントを開業しようとして、玄関横の三畳の物置を事務所に改造し、専用の電話、ファックス、PC、エアコンなどを設置した。

二社の顧問として月に一五～二〇万円程度の収入はあったが、やがてパーキンソン病の症状が進み、「トヤマ経営創研」は二年も経たずに、元の物置になってしまった。

当時、小池さんとは時おり、病状や治療方法などを話し合った。しかし小池さんの症状は私によく似ているが、医者からはパーキンソン病ではないと言われた。私は病名がハッキリしない病気に不安を覚えた。

三　パーキンソン病との戦い

この頃から、何とかマッサージ、赤外線マット、気が出る山石、中国の何とか人参、薬草や漢方薬、クロレラ、赤外線サウナ、気功、電気針治療等のありとあらゆる治療や薬を試みた。それまで無神論者の私でさえ、新興宗教にすがったりもした。

小池さんはヤマハ取締役を退任し、自宅で療養治療に専念した。そして元海外生産課の仲間たち十数名で、グランドホテルで「小池さんへの感謝会」を開催した。あの凛とした、品格のある、素晴らしい挨拶はこのときが最後だった。

この頃は、年に一度のＹＭＳ有志の飲み会にも奥さんの付き添いで来られ、食事療法中で酒食も制限し、痩せてやつれが目立った。

翌年の正月には、井上さん、飯田さんとご自宅へ押しかけ、「食事療法は今日だけ棚上げして、好きな物を飲み食いしましょうよ」と皆でそそのかし、小池さんが赤ワインを口にした時の嬉しそうな顔は今でも忘れない。

そして、その年の秋に、ご夫婦と妻と四人で新城市の豊川上流へドライブした。昼食に食べた鮎の塩焼きの味は忘れられない。この頃の小池さんは歩行障害がひどく、トイレへ行くにも奥さんの介助が必要だった。

また電気針治療の帰り道に、飲み屋「コウジロウ」で店主の佐野君と、小池さんご夫妻を夜中に呼び出し、カラオケを歌った。

私は小池さんに「青葉城恋唄」をリクエストした。そしてフルコーラスを見事に歌ってくれた。そしてこの歌が、小池さんが最後に歌ったカラオケだった。以後私はこの唄を聴くと小池さんを思い出して目頭が熱くなる。

そして、しばらく二人ともMクリニックに通院し電気針治療を続けていたが、しばらくしてM先生から、「小池さんが三方原聖隷病院に入院した」と聞いた。

その頃の私もパーキンソン病が進行し、長年飲み続けた「ドーパミン補給薬」が切れると手足がこわばり、握力も低下し歯磨きも出来なくなり、首筋から背中が、亀が甲羅を背負ったように固縮し、五～一〇分ごとに休まないと歩けない状態に陥ってしまった。

だんだん外出が億劫になり、何事にも無気力になり、社会保険労務士と中小企業診断士の登録抹消手続きをした。

いよいよ車椅子の生活になるのかと腹をくくった。

相変わらず小池さんの病名は不明で、症状はひどくなり、嚥下障害が進み食べ物も喉を通らなくなり、二度目の喉の手術をしたと奥さんから聞いて、時々入院先の三方原聖隷病院へ様子を伺いに行った。

頭脳だけは正常なのに、手足は動かない、話せない、食べられない。その上病名も定まらず、こんな苦しい病気は無い。私は小池さんの顔を見るだけで、ほとんど何も言えずに病室を後にした。

二〇〇二年から二〇〇七年の頃は、小池さんも私も病気との戦いで、人生で一番辛い時期ではなかったかと思う。

四　パーキンソン病の脳深部刺激（DBS）手術

二〇〇五年十一月、TS社へ週二日顧問出勤していた時だった。知り合いのコンサルタントの野末さん（故人）が、パーキンソン病の脳外科手術のことをNHKテレビが放映したので、ビデオに録画して持って来てくれた。

タイトルは「サイボーグ技術が人間の未来を変える」という番組だったと思う（皮肉にも野末さんは当時私と同じ五八歳、翌年三月に私がＤＢＳ手術の入院中に内臓癌で亡くなった）。

その日にビデオテープを借りて家に持ち帰りビデオを見た。

パーキンソン病のいわば震源地である脳深部の「視床下核」という小豆ほどの大きさの部位に微小電極を埋め込み、胸に埋め込んだ電池から常時電流を流し視床下核を刺激、Ｐ病の症状を改善するという画期的な外科手術で、脳深部刺激（ＤＢＳ）手術という名前であった。

手術前には歩行もできないで車椅子で入院した患者が、手術後には杖もつかずに平常人と同じように歩けるようになり、喜ぶ患者の姿を見て驚いた。まさに地獄に仏、暗闇の中に光明を見た。

その日からインターネットで手術実績のある病院を血眼になって探した。地元のＨ医大病院にも行ったが、経験不足の若い医師が多く、手術の実績も少なく、信頼が出来なかった。東京、大阪は遠すぎる。

そのうちに、名古屋市立大学病院のＵＡ先生を探し出した。

二月の寒い朝、五九歳の誕生日の数日後だった。足を引きずり東名バスに乗り、名古屋市立大学病院を訪れＵＡ先生と面談した。

ＵＡ先生はアメリカ留学中に四〇数人、帰国後名市大病院で三〇数人もの手術実績があり、誠実な態度、豊富な経験、責任感の強い人柄などを全面的に信頼し、即断即決その日に入院手続きをした。

三月十日に左側の手術を受けた。期待した以上に効果は大きく、退院する頃には右半身は、ほぼ正常な状態に戻った。涙が出るほど嬉しかった。ＵＡ先生は命の恩人である。

二年後の二〇〇八年二月には右側の手術を受けた。手術は私の期待通りの効果があり、病状はほぼ七、八割回復し、発症当時の状態にまで回復し安定した。

もし野末さんが録画してくれたビデオを見なかったら、脳深部刺激手術を知らなかったら、ＵＡ先生と出会わなかったら、今頃は車椅子の生活になっていたに違いないと思う。

手術のお陰で日常生活には支障のない日々を取り戻し、好きな釣りにのめり込み、安寧な日々を送る内に、小池さんを気遣う気持ちも薄れ、奥さんとも疎遠になっていった。

五　小池春樹さんとの別れ

二〇〇八年七月二八日の朝、小池さんの奥さんから電話で「春樹が亡くなった」と涙声の訃報があった。

そしてすぐにご自宅へ伺った。長年の闘病生活によるやつれた姿を想像し、お顔を拝見することを躊躇したが、恐る恐る白い布を両手で開けた。そこには今にも眼を開けて「外山、来たか、上がれや」と言わんばかりの、元気な頃と変わらない、端正で色白で穏やかな顔があった。

その瞬間、涙が溢れ、「小池さん、小池さん……」と嗚咽が止まらなかった。小池さんとの思い出、懺悔や感謝の気持ちがドーと全身を覆い、しばらく涙が止まらなかった。

小池さんは、私にとっては兄であり、真友であり、上司であり、人生の師であった。

清廉潔白で、誰にも公正公平で、上には諂わず、下に威張らず、聡明で、誰にも親切で、温かい心を持ち、裏表の無い、正にジェントルマンで、私が尊敬する福沢諭吉のような人だった。

しかし全てに理想を追い求め、志半ばで不治の病に倒れ、六五歳の若さで逝去された。

そんな小池春樹さんとの三〇年間が、私の人生や人格形成に、親以上の影響を与えてくれたことに感謝し、心からお礼を申し上げ、ご冥福を祈る。

長寿ばかりが幸せではない。古希を過ぎたらオマケの人生、もう五年もしたらそっちへ行くので、あの世とやらで、待っていて頂きたい。

そして「おう外山、来たか、上がれや」の声をもう一度聞きたい。

第五章　脳深部刺激（ＤＢＳ）療法とは

一　脳深部刺激（ＤＢＳ）手術とは

脳深部刺激（ＤＢＳ）手術とは、脳の深部に埋め込まれた微小電極からの電気刺激により、その部位の過活動を抑制して、パーキンソン病の主な症状の軽減、進行を遅らせるための、脳の外科手術の治療法です。

実際には（図Ａ）のように極小の「**刺激電極**」を脳深部の特定の場所、パーキンソン病では「**視床下核**」や、「**視床**」、「**淡蒼球**」に埋め込み留置し、次に鎖骨と乳頭の間の前胸部皮下にマッチ箱くらいの大きさの刺激用電池「（**刺激装置**）」を埋め込み留置し、脳内の刺激電極と両胸の刺激装置を皮下の「**リード線**」で連結し、常時微小電流を刺激電極に流して脳内の電気刺激を行う。

刺激装置の電源は、体外から「**スイッチ**」によってオン・オフができる。

(図A)

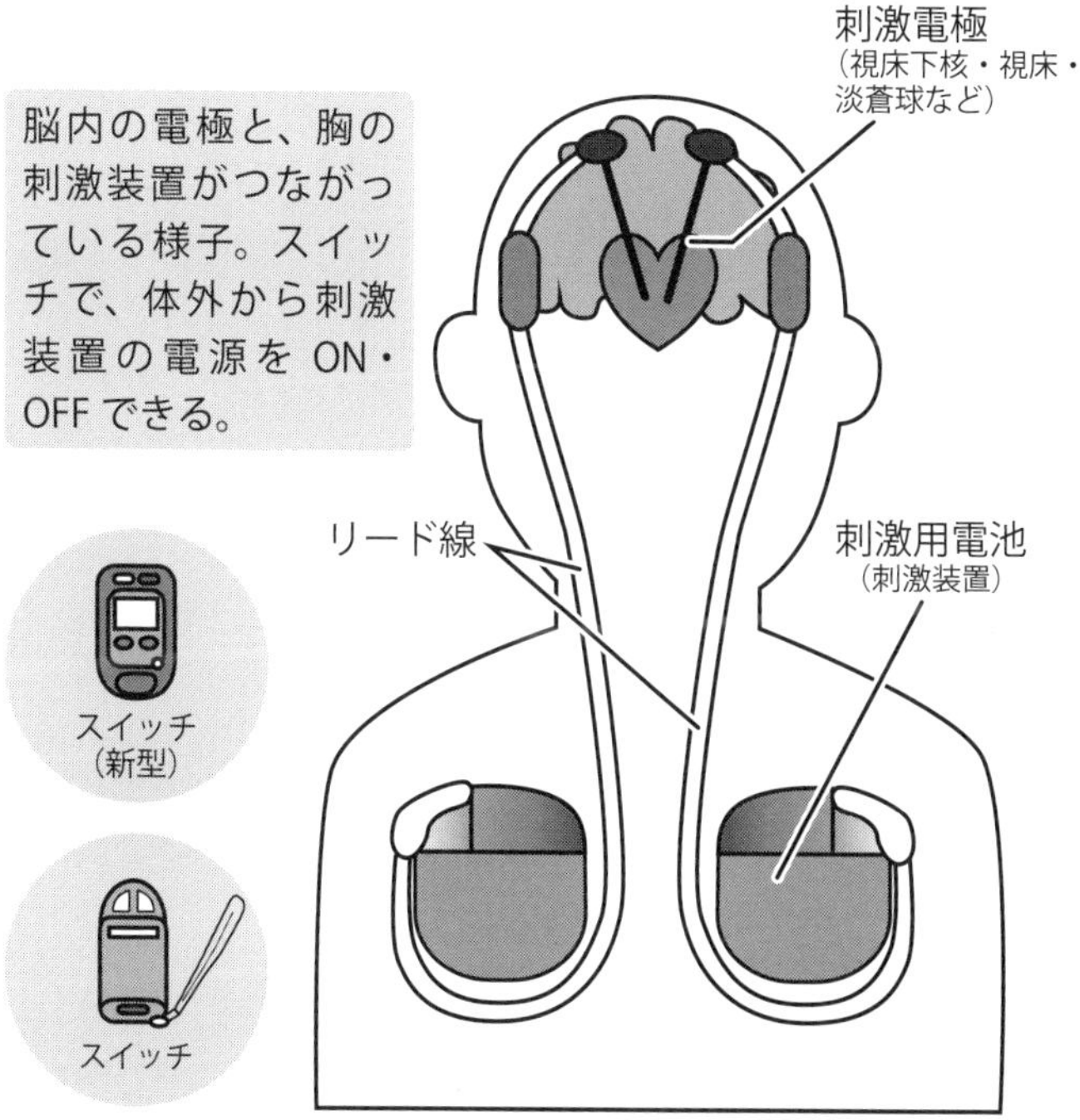
刺激電極
（視床下核・視床・
淡蒼球など）
脳内の電極と、胸の刺激装置がつながっている様子。スイッチで、体外から刺激装置の電源を ON・OFF できる。
リード線
刺激用電池
（刺激装置）
スイッチ
（新型）
スイッチ

体外から充電可能な電池内蔵の刺激装置もありますが、電池使用量にかかわらず寿命は約九年で、毎週一回充電する煩わしさがあり、使用している患者は少ないようです。脳深部刺激（ＤＢＳ）手術では、手術後の効果に不満があれば刺激電極や刺激装置などを取り出して、手術前の状態に戻すことが可能です。

手術に伴う合併症が少なく、手術後は体外からの遠隔操作により、刺激電流の調整や設定を変更し、最適な効果が得られるように調整設定できるという利点があります。

手術後は通常およそ三か月に一度、執刀主治医により症状の変化に対応した刺激電流の調整（電流、周波数、電圧など）が行われる。

刺激用の電池の交換時期は電流量や電圧の強さによりそれぞれ違うが、およそ四年です。

従って電池が消耗する前に刺激装置を交換しなければなりません。刺激装置の交換は、前胸部の手術だけで済み、局所麻酔なので、両胸で三時間程度で終わります。

団塊オヤジは一〇年前（五九歳時）に左側の視床下核への脳深部刺激（ＤＢＳ）手術を受け、二年後の六一歳時に右側の手術を受けて、以後三か月毎の定期健診時に、執刀主治医のＵＡ先生に刺激電池の電圧、電流の調整や設定をして頂いている。

その後六五歳時、そして六九歳の今年一月四日に刺激装置交換手術をしている。手術療法を行っても、パーキンソン病を完全に治すことはできず、薬が全く不要になるわけではない。

通常は薬と組み合わせながら症状の改善を目的とした治療法です。団塊オヤジの場合は、ＤＢＳ手術の前から服用を始めたドーパミン補給薬の「イージードパール配合錠一〇〇ｍｇ」を毎食後一錠、「エフピーＯＤ錠二・五ｍｇとトリヘキシフェニジル錠二ｍｇ」を、朝食後各々一錠を服用するだけで、ＤＢＳ手術を受けて以来、この一〇年の間、薬の種類も服薬量も増えていない。

二　手術療法はなぜ効くのか

人間の脳は約一四〇億個の神経細胞によって構成されており、神経細胞は互いに情報をやり取りしながら、考えたり、動いたりする運動の命令を出したりしている。神経細胞と神経細胞の間では「神経伝達物質」と呼ばれる化学物質が情報を伝えている。

神経伝達物質による情報伝達は、電気的な情報伝達に比べ時間がかかる。

脳の深部にある「**大脳基底核**」は、（図B）のように「**線条体**」、「**淡蒼球外節**」、「**淡蒼球内節**」、「**視床**」、「**視床下核**」、「**黒質**」などで構成されている。

これらの部位では、「ドーパミン」という体を動かそうとする「興奮性」の神経伝達物質と、「アセチルコリン」という体の動きを止めようとする「抑制性」の神経伝達物質が、情報伝達のネットワークを構成している。

大脳基底核では、これらの神経伝達物質を使って情報伝達を行なうことで、複雑な運動のプログラミングとコントロールを行っている。（図C）

パーキンソン病になると、「黒質」で作られる「ドーパミン」と呼ばれる興奮性の神経伝達物質が減少し、抑制性の「アセチルコリン」という神経伝達物質が相対的に増えることにより、興奮（アクセル）と抑制（ブレーキ）のバランスが崩れて、視床下核は正常時よりも淡蒼球内節を強く刺激し興奮させて、その結果、視床の活動は強く抑制されて、最終的には大脳皮質の活動が抑制される。

すなわち、DBS手術療法では、**「視床下核」や「淡蒼球」の過活動を抑えることで、大脳基底核における、興奮（アクセル）と抑制（ブレーキ）のバランスが改善されて、**

(図B)

■大脳基底核《きていかく》の各部位

■大脳基底核と神経黒質との神経繊維結合

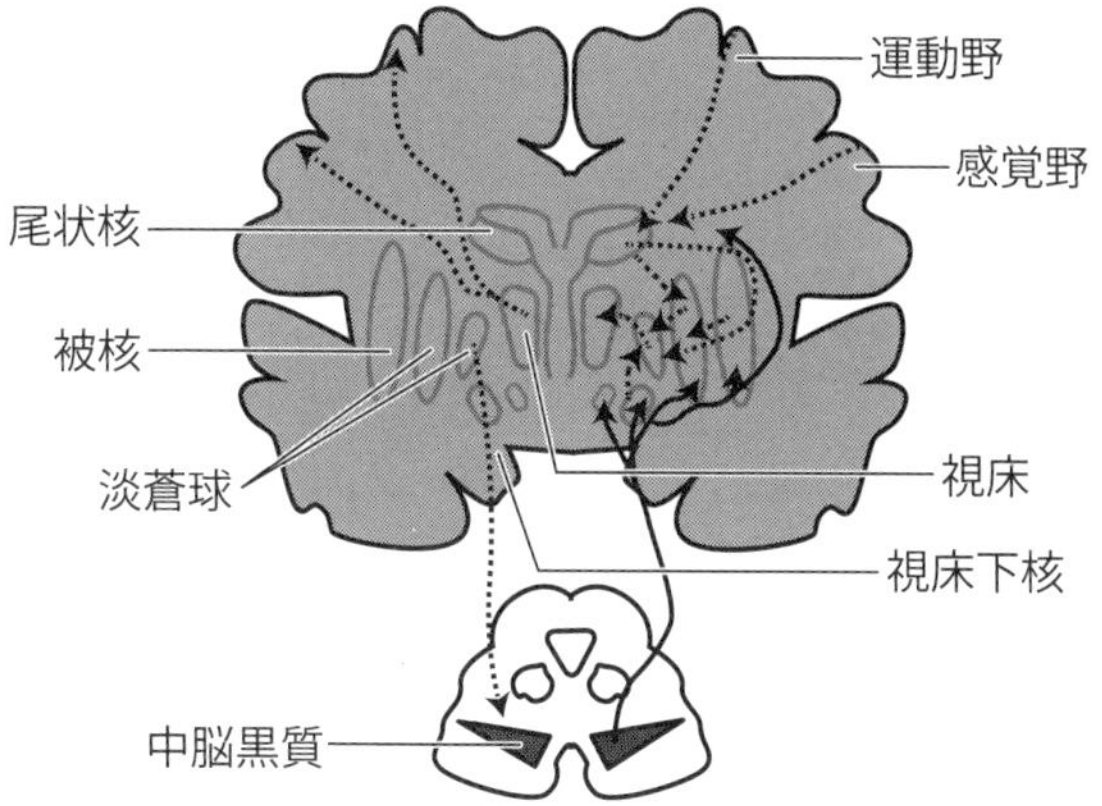

「大脳基底核」の活動が正常化されるという訳です。（図C）

◆どんな疾患に対して行うか

ドーパミン補給薬やその他の内服薬だけでは十分な効果が得られなくなった、パーキンソン病や本能振戦、ジスキネジア（無意識のうちに体がくねくねと動く）などの付随意運動症が対象となる。

最もよく行われるのは、パーキンソン病です。治療は最初に薬物療法をおこなうのが原則である。ＤＢＳ手術を考慮するのは、

◆十分な薬物治療を行っても、顕著な日内変動（ウエアリング・オンオフ現象＝薬が効いている状態と、効いていない状態がはっきりすること）や、ジスキネジアがコントロール不能状態になった時。

◆薬物でコントロール困難な強い振戦（ふるえ）がある場合。

◆薬の副作用（精神症状、消化器症状など）が強く、薬物治療が困難になった場合。

などです。

一般に若年者（五〇歳代～六〇歳程度）で、Ｌドーパ薬に対する反応が良好な患者

（図C）　大脳基底核における情報伝達のネットワーク

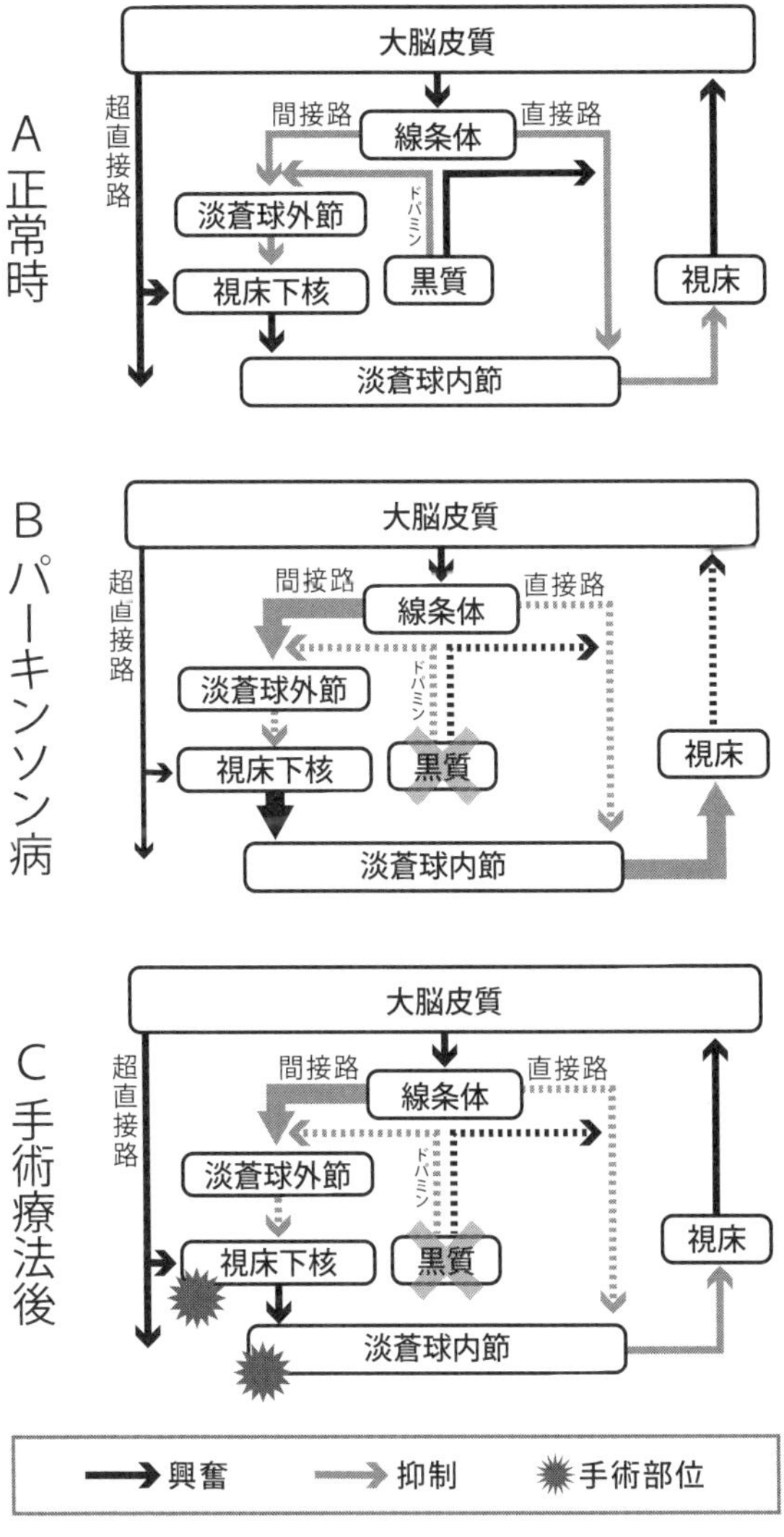

ほど劇的な手術効果が期待できる。認知症やその他の精神疾患を合併した例や、二次性パーキンソン病では効果が期待できず、適応外となる。

団塊オヤジの場合はパーキンソン病の四大疾患のうち、「振戦」の症状は、発症後約二〇年経過した現在まで全くない。「筋固縮」と、「動作緩慢」が発症時からの主な症状です。またDBS手術を決心したのは、オンとオフ時の症状の差が大きくなり、Lドーパの効き目が良く、比較的に早い時期だったと思う。

三　DBSはどんな手術か

脳外科の手術の中では比較的安全な手術で、大部分は局所麻酔によって行われる。局所麻酔の間、患者には意識があり、患者と執刀医は話し合いながら電気刺激の効果を確認しつつ手術を進めるが、痛みはほとんどない。

まず頭部の局所麻酔が効いたことを確認したのちに、最初に（図D）に示すようなアルミ合金製でできている「定位脳手術装置」を、四か所の止めネジで頭部にしっかりと装着して、動かないように固定する。

(図D)

■アルミ合金製
定位脳手術装置

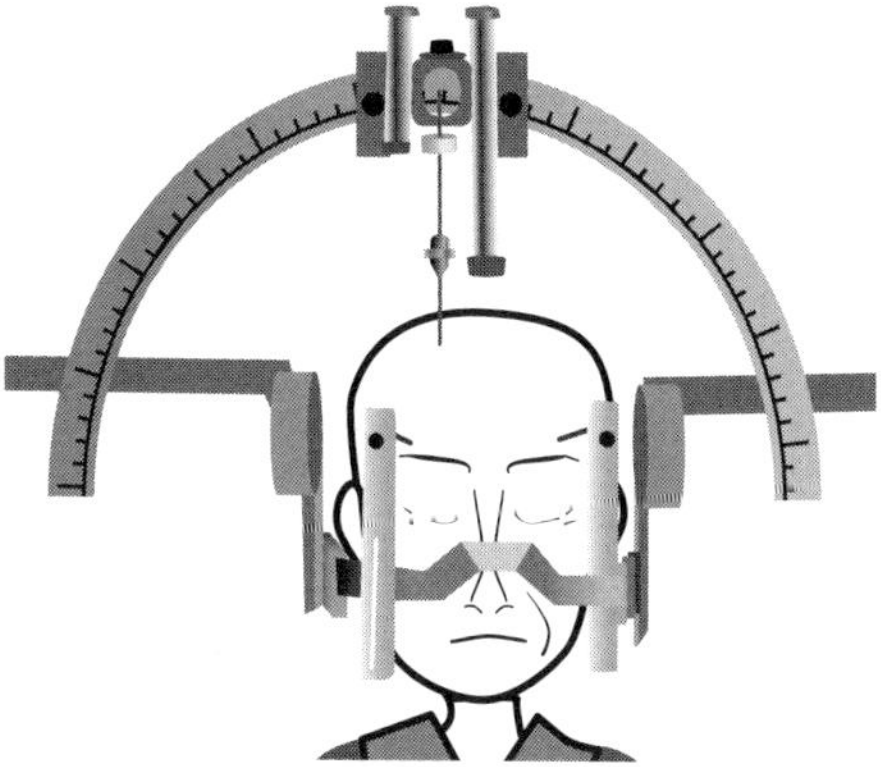

■装着状態

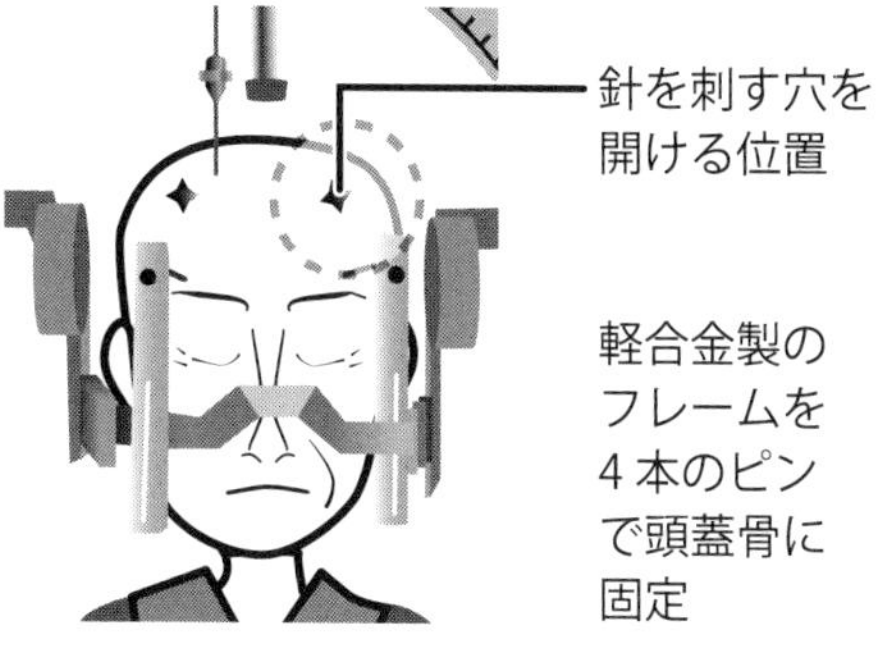

次に「ＣＴ」を撮影する。別に「ＭＲＩ」で撮影した脳内の詳細な画像と一緒に合成して、脳の解剖図を参考にしながら、電極と脳深部の「目標点」との位置関係をコンピューター上で計算して、電極を脳深部の目標点へと正確に導く。

「定位脳手術」とは、頭蓋骨に固定したアルミ合金製のフレームで、脳の位置関係を、三次元空間に再構築し、頭蓋骨に開けた小さな穴（百円硬貨大）から、刺激電極の先端を刺し入れて、直接見る事が出来ない脳深部の目標点（視床下核や視床、淡蒼球）に、微小な刺激電極を留置する手術のことです。

脳内に刺し入れた刺激電極の先端が神経細胞に触れると、神経細胞の電気活動が分かる。神経細胞は部位ごとに特有の電気活動を示すので、電気活動を見る事により、電極の先端が目標点に達したことが確認できる。

本来ならば脳の解剖図の位置情報だけでも、二、三ｍｍの誤差範囲で目標点に到達する事が出来るが、脳の形や構造は患者ごとに異なり、目標点が解剖図とまったく同位置にあるわけではない。

しかもこの二、三ｍｍの誤差が手術後の効果に大きく影響するために、電気活動を記録しながら、電極の先端位置をきちんと補正することが最も重要なポイントです。

電極が目標の位置に到達したら、実際に電流を流し電気刺激をしてみて、**効果や副作用を確認する。この確認は患者と医師との話し合いで行う。**従って脳の手術は局所麻酔下で行われる。

脳の手術にもかかわらず、局所麻酔下で行うので、痛みを心配する人が多いが、団塊オヤジは、術中の痛みはほとんどなかった。

主に痛みを感じたのは、アルミ合金製のフレームを四本の止めネジで頭蓋骨に固定する時と、頭蓋骨に電気ドリルで穴を開けるための皮膚切開の時なので、その際は痛み止めの局所麻酔薬が使われる。

従って、患者は痛みを感じることは少なく、手術中も覚醒しており、医師と会話をしながら手術をすることが出来る。ここで執刀医師と患者の信頼感が大きく術後の効果に影響する。

そして定位脳手術は完了し、前胸部に刺激装置（刺激電池）を埋め込み、皮下を通してリード線で脳内の刺激電極と繋ぐ。

この時には両胸や頭部に痛みが広がるので全身麻酔が行われる。

手術の痛みや出血は軽く、手術に要する時間は、定位脳手術が約四〜五時間、両胸の刺激電池埋め込み手術に二〜三時間程度です。

定位脳手術（脳の刺激電極の設置手術）と、刺激装置の胸部埋め込み手術を、別々の日に分けて行う病院が多いようですが、団塊オヤジは一日で両方の手術を完了できる名市大学病院の、ＵＡ先生の執刀で全てが順調に進み、術後の効果には大満足している。

四　手術の後の改善効果は

パーキンソン病は、進行性の病気で、手術によって病気そのものを治すことはできないが、手術により症状の改善や、症状の進行を遅らせることができる。

特にオフ時の運動症状、振戦、動作緩慢、無動、固縮、オフ時間の短縮、日内変動の軽減や短縮などの効果が期待できます。

またドーパミン補給薬（Ｌドーパ薬）の服用を減量することで、ジスキネジアの軽減が期待できます。

団塊オヤジの場合は、振戦の症状はもともとなかったが、そのほかの主な症状である固縮や動作緩慢などのオフ時がなくなり、術後今まで日内変動もほとんど感じない。過去に二回だけ、故意に刺激装置の電源を自分でオフしてみた。すると一分もたたないうちに、術前の状態（ヤールⅣ）に戻り、全身が固縮しほとんど動けなくなった。そして電源をオンすると、術後のヤールⅡの状態に戻る。

また日常生活で、電源がオフする心配をする患者がいるが、団塊オヤジは術後一〇年間で電源がオフしたのは一度だけだった。

以上のようにＤＢＳ手術の効果は絶大であり、執刀主治医のＵＡ先生を命の大恩人として信頼尊敬している。

五　ＤＢＳ手術の費用

脳深部刺激（ＤＢＳ）手術は、一九九〇年代に行われるようになり、二〇〇〇年代に健康保険が適用になり、その後特定疾患（難病）に指定されており、「特定医療費受給者証」を申請し取得すれば、患者本人の医療費負担は一か月で一万円が上限です。所得が一定の水準以下の場合は自己負担額はさらに少なくなる。

団塊オヤジの場合は、二級身体障害者なので、重度身障者医療費助成金（市町村で管轄）を受給する事が出来、最終的に自己負担額はさらに少なくて済みます。

今年の一月四日に四年ぶりに両胸の刺激装置の交換手術を受け、七日に退院した。医療費の総額はなんと二八七万円だったが、退院時に病院へ支払った患者負担金は総額一万六六五〇円でした。

従って医療費の患者負担は非常に軽くなり、手厚い日本の医療費助成制度の恩恵に感謝しなければならないと思いました。

第六章　これからどうする団塊オヤジ

一　釣りキチ「テイブン」の浜名湖

浜名湖と太平洋との出入り口は「今切れ」と呼ばれている。およそ五〇〇年前の明応大地震により、昔は淡水湖であった浜名湖の一部が沈没し、「陸が今切れた！」と住民が叫んだ言葉が地名になったと聞いている。

今切れは現在、わずか二、三〇〇メートル幅の水道で太平洋と繋がり、海水と淡水が潮の満ち引きによって出入りしている汽水湖です。従って淡水魚と海水魚が入り混じり、魚貝類が豊富で、年がら年中魚貝類が獲れる。

その浜名湖の最北部の「猪ノ鼻湖」湖畔に生まれたのが、自他ともに認める「釣りキチテイブン」です。

テイブンとは、私の本名の貞文＝サダユキと読むのを、誰も読めずに、ヤマハへ入社した当時、上司が私につけたあだ名である。

私の釣り好きの原点は、親父「逸郎」で、私がまだ五、六歳の頃から、自転車の後部荷台に私を乗せて、近くの「釣り橋川」や「猪ノ鼻湖」へ釣りに連れて行ってくれた。

当時は丸竹の枝葉をカットし、しばらく乾燥させた後に火であぶり、真っ直ぐに矯正し竿を作った。ハリと糸と錘は買ったが木製の「浮き」も自作した。

餌はどこの農家にもあった豚小屋の「ネカシ」から掘り出した「縞ミミズ」や、サツマイモやビスケットをうどん粉で練って作った「練り餌」、チンタ（黒鯛の当歳魚）釣りには海老笹から採れる「藻海老」などだった。これらは全て親父から教わり会得した。

釣りは幼少の頃から現在まで、三度の飯より好きな団塊オヤジの唯一の趣味であり、道楽であり、「壺中の天」だ。浜名湖の天然の恵みを受ける幸せは何にも変えがたい。

一二月に入ると水温が下がり、浜名湖の魚は「今切れ」を通り、次々と太平洋に出て行ってしまい、湖内に留まった魚は深い海底で春を待つのだろう。釣りは一二月から早春まではお休みである。

この冬季には、浜名湖は強い西風（遠州の空っ風）が吹く日が多く、天気の変わり目の静かな日を選び、「天然牡蠣」を採りに出かける。牡蠣は年により群生地が変わり、釣り仲間からの情報を頼りに出かけるが、その採取法や採取器具はそれぞれが工夫し自作である。

私は、静かな日を選び、相棒の一夫ちゃんと二人で出船し、一袋一五ｋｇ程度の牡蠣を六袋採り帰港。午後から「日向ぼっこ」をしながら殻を剥く。残りは船側に吊し海中に保管し、「殻付生牡蠣」を知人や友人に配る。中には宅急便で送り喜ばれることもある。

桜が開花する頃になると、いよいよ釣りシーズンの始まりである。体調五センチ前後に育った稚鮎が、太平洋から今切れを通り入湖する。それを柔らかい竿と小さな擬餌針で釣るのだ。雅鮎は天ぷらにすると美味でたまらない。

四月に入ると、水も温み待ちに待った春が来る。浜名湖の干潮時には潮干狩りで人の海、アサリ採りが各所で始まる。

私のような船を持つ人は、中瀬に渡り場所を選ぶことができるので、バケツはすぐに大粒のアサリで満杯になる。しかしこの数年、乱獲防止のために漁協の規制が強まり、好き勝手に採れないのは残念である。

この頃になると多くの魚が入湖し、五月になると、サヨリ、キスなどが釣れ始め、数年前から始めたウナギの夜釣りも始まる。いよいよ本格的な釣りシーズンに入る。「目に青葉、山ホトトギス、初ガツオ」、まさに最良の季節である。

七月に入ると、私の最も得意な「タイの夜釣り」が始まる。夕日が沈む頃に出船し、近くのカキ棚と呼ばれる牡蠣の養殖場へ船で入る。この頃のカキ棚は空であり、棚を支える竹杭に付いた貝類や蛇虫を食いにタイが寄る。そこへ「弁天蛇虫」と呼ばれる地場の岩虫を餌に、電気ウキでアタリを待つ。すると三〇~四〇ｃｍのタイ（キビレまたはカイズと地元では呼ばれる）や黒鯛が釣れる。餌の「弁天蛇虫」はなかなか高価な餌なので、数年前から海水に浸かり泥だらけになりスコップで採取している。

田植えが始まる頃は、ウナギ釣りが盛期に入る。浜名湖へ注ぐ河川の下流へ出かけ、夕方から三時間程度、二、三本の竿を出す。餌は「カブラミミズ」というエンピツほどの太いミミズでありなかなか入手が難しい。

釣りの師匠でもあり、パーキンソン病の病友でもある一夫ちゃんはカブラミミズ採りの天才である。彼は雨後に、ある場所（これは二人の秘密だ）へ出かけ、地下にいるミミズの住処が分かるのである。そこをクワの一掘りでミミズを採るのである。この技は天才的であり誰もマネができない。

釣ったウナギは、家に持ち帰り四、五日間水で生かした後に、自分で捌く。ウナギ釣りの虜になってからは、蒲焼を買ったことが無い。餌から蒲焼まですべて自給自足である。この数年はタコ釣り名人でもある一夫ちゃんから伝授されたタコ釣りに熱中している。浜名湖のタコ釣りは日進月歩、毎年新しい釣り方や釣具、餌が流行し多種多様である。

最初の頃は墨を吹きつけられたり、手に絡み付かれて困ったが、タコが餌に乗った時の感触と、釣り上げる時の重みを体験したら止められない。新鮮なタコは、タコ酢、タコ焼き、タコ天、タコ刺身、とにかく美味しい。

そして七月頃からは、アサリや、ニシ貝の貝類、タイ、タコ、ウナギに加えて、アジ、サバ、キス、サヨリ、コチ、セイゴ（スズキの幼魚）と魚種が増える。

やがて稲穂で田んぼが黄金色に染まる秋には、浜名湖周辺はハゼ釣りの老若男女の釣り人で賑わう。この頃には春に生まれた魚も成長し、手ごたえも十分であり、釣り人にとっては至福の季節である。

晩秋の一一月は私の得意な「タイ釣り」の最終章である。夏のカキ棚での釣りは夜間の手竿の釣りであるが、この時期のタイ釣りは、午後三時ごろから日没までの上げ潮の満潮前の二時間程度を狙って、浜名湖の中央部に船を出し、リール竿でタイ（地元では落ちカイズと呼ぶ）を狙うのである。チンタ釣りのように数は望めないが、時には四〇ｃｍを越える大型のタイが釣れ、この感触を味わうと病みつきになる。最も技量経験がモノをいう難しい釣りで、潮時、場所、餌、ハリの種類や大小、ハリスの太さと長さ、錘の重さ、餌のつけ方などにより、微妙に釣果に影響する究極の釣りである。

そして、一二月に入り、二度続けてボーズ（釣果ゼロ）が続くと、釣りキチテイブンの一年が終わる。年間に浜名湖へ釣りに出る日数は年間一〇〇日近くになるであろう。

二「病友」の高倉一夫ちゃん

赤の他人であった彼を、「一夫ちゃん」と呼び、彼は私を「貞兄ちゃん」と呼ぶ兄弟のような仲になるまでわずか三年だった。

釣り名人でありミミズ採り天才の一夫ちゃんとの出会いは偶然であった。

その日は二〇〇五年七月、ムンムンする梅雨の夕暮れ時であった。船着場で釣り船から下船し、釣り道具を車に積み込み帰ろうとしたところ、ふと近くの堤防を見たら一人の釣り人がいた。

釣り人は椅子に腰を掛け、穂先ライトをつけた三本の竿を出して夜釣りを始めたところであった。

こんな所で何が釣れるのかな？　と思い私が歩いて近づくと、突然「お宅はパーキンソン病かね？」と声をかけられた。びっくりした私は「どうして私がパーキンソン病と分かったの？」と聞いた。右足を引きずり小股でヨチヨチ歩く私を見てすぐに分かったそうである。彼もパーキンソン病を患い困っていたのである。

私は五〇歳で発症し、彼と出会った時には七年も経っていたが、彼はまだ三年しか経っていないのに、私よりも病状が進み、背骨はせむしのように彎曲し、竿を持つ手のふるえが竿先を揺らしていた。

その日から同病相哀れむ仲が始まり、二〇〇八年二月に名古屋市立大学病院へ入院し、私と同じＵＡ先生に脳深部刺激（ＤＢＳ）手術を受けて健康を取り戻し、私の釣りの相棒として浜名湖の釣りを楽しんでいる。

私の五〇代後半は年々進む症状で仕事もできなくなり、最も大事な人生の第四コーナーでリタイヤした無念さや悔しさと、同年代の友が現役でバリバリ働いている姿を羨ましく思い、人生で最も辛く苦しい時であった。

P病という不治の病を患ったことで健康と仕事は失ったが得たものもある。

四肢不能で車椅子生活になってしまった若い書道家のように、いつも楽しく元気よく、前向きに笑進笑明に生きていく姿に感動し、難病奇病で苦しんでいる人の辛さを知り、周りの人への感謝や、弱者への思いやりの気持ちが強まり、カネや地位よりも大切なものや本当の人間の価値が見えてきたようです。

これからもう五年は生きるつもりです。

「しかない」と悲観せずに「もある」「もできる」と、前向き楽観的に明るく一日一日を「笑進笑明」生きて行きたい。

病友の一夫ちゃん、死ぬまでよろしく御交誼をお願いしたい。

三　「真友」の井上重喜さん

「トヤマは良い友達が多くていいなあ」と時々言われる。自分にとってはみんな良い友人ばかりだが、多いとは思わない。

友人には、遊び友達、飲み友達、真友、親友、信友、心友、メルトモなどいろいろあるが井上重喜さんは私にとって「真友」の一人である。「真友」とは相互に良い影響を与え合い、人格を高める友と理解している。

彼との最初の出会いはシンガポールテニスラケット工場の立ち上げの仕事であり、以来三七年に及ぶご交誼が続いている。私のこれまでの人生の節目でお世話になり、これからも死ぬまで「真交」をお願いしたい一人である。

彼は佐賀県唐津生まれで私より一年上、ヤマハを定年退職し豊かな老後を送っている。

彼は人間として基本的なもの、即ち徳（仁義礼智信）や、温厚で人に対する思いやりが人一倍深い人である。また粘り強く最後までやりぬく根気の強さにも敬服する。

性格面では私と対極にあり、一言で表現すると、磁石のN極とS極の様である。私の「拙速」「粗雑」「急」「動」「瞬間湯沸器」に対し、彼は「遅」「緻密」「慢」「静」「ドラム缶」である。正に私はイノシシで彼はウシ、或は私がウサギで彼はカメの様である。彼と私を足したような人はいないであろう。

一例をあげれば、私は器用貧乏でカラオケも二〇曲の持ち歌があるが、彼はただ一曲、三七年間、後にも先にも三波春夫の「俵星玄内」しか歌わない。彼の仕事は常に正確で完璧だったが、時間がかかり退社はいつも午前様であった。仕事は速いが粗雑な私にはとてもマネができない。私の無いものが彼には全てあり、彼に無いものが私には少しある。彼との交際は、私の長所と短所を認識させ、自分を律してくれる。

正に長所と短所は裏表、短所を直そうと努力はしてみたが、「三つ子の魂百までも」性格は直せないと分かった。

聖人や哲人ではあるまいし所詮凡人の私である。短所を直せば長所も無くなると気がついた。これでいいのだ、凡才バカボン。このままで行こうと。でも短気で怒りっぽい性格は周りには大迷惑だ、これだけは何とか直そうと努力を続けたい。

そんな団塊オヤジであるが、確かに良い友が多い様だ。何故かなと思って六九年間を振り返ると、人より優れているところは、「正直」と「明るさ」ではないかと思う。嘘をつかない、人との約束を守り、先に裸になり、明るく、率先垂範有言実行するようなところに共感してくれた人たちが、友になってくれたのではないかと思うのである。

パーキンソン病の脳深部手術の際に、頭部を丸坊主にされた私を見て、「一休さんみたい」と看護婦さんに言われ、嬉しかった。

生き様は顔に描いてある。自分の顔にちょっと自信を持てた。このような顔になったのも真友の井上重喜さんのお蔭ではないかと感謝しているこの頃である。

四　「福友」の大野勉さん

友人が無ければ人間社会で生きぬける人は少ないと思う。「直を友とし、諒（誠）を友とし、多聞を友とする」（論語　李氏）からやがて友人ができる。

人間と人間との自由で、地位や、身分、年齢、利害に一切とらわれない「素交」の友、すなわち「親友」が一人でもいれば良い。しかし「利交」による友は多いが長くは続かない。利交とは勢交、賄交、談交、窮交、量交の五交だと安岡正篤の本で知った。先に書いた井上さんは「真友」である。

ここで紹介する大野さんはこれ等のどの友にも当てはまらない「福友」である。昭和一五年まれで私より七歳も年上であるが、精神的にも肉体的にも私よりも若く見られる。

彼との出会いは二八年前（一九八八年）の台湾山葉工場駐在の時であった。当時は工場長が病気で帰国したばかりで、社員一五〇人のうち日本人は私一人だけで、工場近くの「龍譚」という田舎村へ単身赴任していた。

当時の台湾は戒厳令が解除され、民主化運動が広まり、工会（労働組合）活動が激化し、社内も工会派と会社派に分裂し不穏な雰囲気が漂っていた。

そんな時に、本社のピアノ事業部から技術者として来たのが「福友」の大野勉さんであった。彼はヤマハ本社での労働組合の活動経験が長く、その上性格が明るく、覚えたての中国語で「ニイハオ！」と言いながら、敵対する労組幹部の事務所へ気さくに入り込むのには驚いた。それから私が帰国するまでの二年半は「龍譚」の田舎で、戦後最初の日本人として同じ屋根の下へ住むことになる。

龍譚は、私が最も崇敬する哲人政治家である李登輝台湾元総統の先祖が、中国の広東省から台湾へ移民した最初の地である。近くには石門水庫（ダム）や「小人国」の観光地もあるが、山間の田舎町で当時の人口は三万人程度だったと思われる。

台湾へは一七世紀初頭に中国本土から福建人の移民が始まり平地に住み着き、遅れて移民した客家人は主に山間部へ住み着いたと言われている。従って山間地の龍譚も客家人が大半であった。李元総統も客家人である。

龍譚での大野さんとの生活は、眠る時以外はいつも一緒だった。

それまで対決姿勢だった工会幹部とも、彼が来てから半年もしないうちに融和が進み、翌年から半年毎に始めた「経営計画発表会」にも工会三役が参加するようになり、労使協調体制ができたのは彼のお陰である。

花金（金曜日）の終業後には、二人で台北へ車でよく遊びに出かけた。当時は台湾でも車が急増し、駐車場は満杯で空きを探すのに苦労した。ところが彼が運転する時は、駐車場に入る直前で目の前の車が出て行き、駐車場が空くという現象が何回も続いたのである。それからは台北市内までは私が運転し、市内へ入ると彼に運転を代わることにした。

私の台湾駐在中に四回も交通事故をやったが、最もひどい事故は桃園国際空港へ行く途中の高速道路で起こった。雨上がりで路面が滑り易かったせいもあったが、ステアリングに異常が発生し、ハンドル操作ができなくなり、車はスリップし中央分離帯へ三、四回衝突し、大型トラックの荷台へぶつかり停止。車は全損だったが、二人とも割れた後部ガラス窓から這い出て無傷であった。

そして交通警察隊の事情聴取を受けてその日は台北へ泊った。事故車はレッカー車で会社へ運ばれた。社員達は全損した車を見て二人とも入院したに違いないと思ったらしい。

ところが翌朝元気で「早！」おはようと出勤した大野さんと私を見て社員がビックリしたらしい。もし彼が同乗していなかったら、私は大怪我をしたに違いない。

また私が帰国した直後に、台湾山葉工場へ李登輝総統が来社し、一緒に撮った写真や、台北市の行きつけのクラブで偶然に日本の有名歌手と遭遇しデュエットしたこともある。帰国後に釣りに誘ったところ、初心者の彼がタイを爆釣したこと。彼と一緒の時はなぜか天気も良くなるとか、また彼は住宅が抽選で当たり自宅はタダで建てたとも聞いた。

福友の大野神話はまだまだある。

とにかく彼と一緒にいると大小さまざまな幸運が舞い込む。だから私は今でもツキがなく、なんとなく鬱的な時には、彼の事務所を訪れ「福」のご相伴に有り付くようにしている。

彼に怒りや暗さは見たことが無い。「笑う門には福来る」は彼から教えてもらった。しかし私の短気で怒りっぽい気性はなかなか直らない。

私が自動販売機の前でコインを落とすと、必ずコインは販売機の下に転がり込み手が届かない。腹が立つ、こんな自分が情けない。一〇円や一〇〇円は乞食にくれてやれと思うような大らかな余裕が、福を招くのであろう。

「福友の大野さん」これからも死ぬまでご交誼のほどよろしくお願いしたい。

五　四人の子供達への遺言

お父さんが生きた昭和はもう二度と来ない素晴らしい黄金時代であった。しかし平成に入りバブル崩壊以降は、日本人はアイデンティティを喪失し、その良き伝統や価値観をも見失ってしまい、経済的にもスパイラルに没落の道を進んでいるように見える。

これからは社会も不安定になっていくだろう。しかし、どんな世の中になっても、お父さんはお前たち四人には幸福な人生を送ってもらいたいと願う。

◆一　幸福の第一歩「夢や目標」

幸福とは何か、父さんは、夢や目標に向かって生き生きと毎日を過ごす中で感じる「気持ち」ではないかと思う。

お父さんの夢と目標ができたのは葉子と結婚した頃の、まだ二〇代の後半であった。当時堺屋太一氏の書いた『団塊の世代』という未来小説を読んで将来に不安を覚えたこと。父からは「貞文は学歴が無いからヤマハではいくら頑張ってもせいぜい『ヤットコ課長』だ」と予言され、その上お父さんの負けず嫌いの性格を知っていて「牛後より鶏口たれ」と常々云われていたこと、などが「五十歳で経営コンサルタントとして独立」という夢と目標となり、その実現に向けて勉学修養し、難門である中小企業診断士と社会保険労務士の国家試験に合格した。

パーキンソン病を患い挫折したが、曲がりなりにも五五歳で、わずか二年間であったが経営コンサルタント事務所「トヤマ経営創研」を開業できた。

まず人間は夢や目標を見つけ、それに向かって勉学努力を続けること。決して諦めてはならない、諦めた時に敗北する。諦めなければ成功しなくても敗北はしない。また人生は長いが、過ぎてしまえば短く感じる。だから一日一日を大切に生きて欲しい。

◆二　友人の大切さ

人間社会は「競い合い」と「我慢、思いやり」で共生し発展した。お互いに切磋琢磨し良い影響を与え合う友人を持つことが大切だ。良い友人を作るには、まず誠意を持ち信頼されること。そのためにはどんな小さな約束でも必ず守ること。そして他人への悪口や陰口は「天にツバ、百害あって一利なし」友を失うことになるので慎むこと。

◆三　強く正しく生きる

小学校の恩師、鈴木輝美先生から卒業記念に頂いた色紙に、達磨の画と共に「強く正しく」と書いてあった。この真意がやっと最近分かった。達磨のように七転八起し、ネバーギブアップで強く生きて、正しい道を歩んで欲しいという願いが込められている。強くなければ正しい道は歩けない。正しい道とは道徳や法を守り生きることだ。

◆四　禍福は縄の如し

また人生の禍福はあざなえる縄の如く、災難と幸福の繰返しである。言い換えれば、山あり谷あり曲がり道もある。

温室育ちで苦労知らずのお前達も父の私も、忍耐力が足りない。困窮の時はジーと耐えて欲しい。季節に春夏秋冬、人に生老病死、事業にライフサイクルがあるように、世の中は「無常」である。一喜一憂せずに「得意淡然失意泰然」と生きて行って欲しい。

◆五　福沢諭吉の七つの心訓

また福沢諭吉の七つの心訓を座右の銘にして自分を律して欲しい。

一、世の中で楽しく立派なことは生涯を貫く仕事を持つこと
一、世の中で最も寂しいことはする仕事がないこと
一、世の中で最も悲しいことは嘘をつくこと
一、世の中で最も惨めなことは人間として教養のないこと

一、世の中で最も醜いことは人の生活を羨むこと
一、世の中で最も尊いことは人のために尽くし恩に着せないこと
一、世の中で最も美しいことは全てのものに愛情をもつこと

◆六　若い時の苦労と感謝の心

親父の逸郎は貧乏な五反百姓の家に養子に来て、養父から「百姓に学問は不要、本を読む暇が有ったら畑へ行け」と言われ、便所で本を読み、勉学修養に努めたと聞いている。

そんな父から深い愛情だけでなく、今も大好きな魚釣りも、書道も、手取り足取り教わったのであり、今もお父さんの貴重な財産である。

またよく言われた「若い時の苦労は買ってでもしろ」「牛後となるより鶏口たれ」「石の上にも三年」などの含蓄ある言葉は、お父さんの血となり肉となりアイデンティティ形成に大いに役立った。

お前たちには仕事と釣りに夢中で、何も教えてやれなかった父親ではあったが、お母さんの深い愛情と苦労のお陰で成人したことに感謝して欲しい。そしてお母さんを

大切にして欲しい。

六　最愛の妻「葉子」への感謝

二七歳の時に山中叔父さんの家で初めて逢った時のことを覚えているかい？葉子はまだ二一歳だった。「この人しかない」と一目惚れして結婚し、今年四二年になる。今まで葉子との結婚を後悔したことは一度もない。

葉子はおそらく何十回も後悔し別れようと思ったに違いない。短気でわがまま、怒りっぽい俺と長い間一緒に暮らしてくれて、四人の子供を産み育ててくれた。感謝、感謝、「ありがとう」以外にない。

何度生まれ変わっても何十回見合いしても葉子より良い妻にはめぐり逢えないと思う。だから、絶対に離婚しない。

美人で、丈夫で、心身とも健康で、誰にも親切で、明るく、心が豊かで、思いやりがあり。おおらかで……。私には葉子の欠点は見当たらない。お陰でこれまで六九年の人生を何とか人並みに過ごすことができた。

葉子は俺の気性（短気、怒りっぽく、モノに八つ当たりする性格）だけは、直して欲しいと思っている。俺も何とか直そうと努力したがダメだ。

我慢すると、我慢がマグマのように蓄積し、浅間山のように爆発してしまう。桜島の活火山のほうがマシだ。「三つ子の魂百までも」で性格は直らない。

パーキンソン病になったのも、この性格が起因していると思う。いみじくも武田さんが「外山君は元気が有り過ぎるから、パーキンソン病になるくらいがちょうど良い」と言われたことは正に天の声だと思う。

桜島の活火山は何百年と続くが、俺はもう五年生きれば十分だ。生きるとは「息る」ことではない。とくに男の「長息」は子供にも社会にも大迷惑だ、いや罪悪だ。

葉子の親父の「武」さんも、俺の親父の「逸郎」も生きて死んだ。立派に死んだ。おれも見習いたい。

しかし葉子には一〇〇歳までも長生きして欲しい。

俺が「魚」で葉子は「水」、俺が「船」で葉子は「港」、俺が「イノシシ」で葉子は「野山」であったし、これからもあって欲しい。もう五年よろしくお願いします。

あとがき

団塊世代は、戦争を知らず、敗戦により全てを失った日本が、アメリカにより「リセット」された植民地時代に生まれた。その後物心がついた頃には神武景気で、高度成長が始まった頃に社会人となった。

その後の石油ショックや円高を乗り越えて、エコノミックアニマル、会社人間、モーレツ社員とか言われながらも、会社と仕事が全ての毎日を過ごし、毎年給料は上がり、安定成長期に家庭を持ち、一億総中流時代を過ごし、年功序列、終身雇用、退職金、年金の恩恵に与る最後の世代である。

日本の歴史二六〇〇年のなかでも、団塊世代の生きた時代は最良で最高の時代ではなかったかと思うのである。

その上、団塊オヤジは、四方を海に囲まれ、自然が豊かで四季があり、気候温暖、風光明媚、地政学的にも最も恵まれている日本の、最も住み易い静岡県の浜名湖近くで生まれ育ったこと。

そして昭和、平成時代をヤマハとM社という一流会社で、多種多様な仕事ができた上に、十年余りの海外生活を経験できたこと。

良妻に恵まれて、四人の子供が健康に育ち成人したこと等、何回生まれ変わっても、こんなに恵まれた所に、こんなに恵まれた時代には二度と誕生しないと思うのである。

著者は間もなく古希（七〇才）を迎える。持病のパーキンソン病は、脳深部刺激（DBS）手術のお蔭で、主な症状はかなり改善されて、その進行は極めて緩やかで、健常者と同じように健康的な毎日を送ることができる幸せに感謝している。

しかし感謝の気持ちを月並みの「ありがとう」の言葉で表現するだけで、残された数年をただ「息」てるだけでは「生」きていることにはならない。「粗大ゴミ」になるだけで、子孫や次世代に迷惑をかけることになる。

次の世代に何かお役に立てないか？　貢献できないか？　と模索する近頃であった。

そこで自分の半生の生きた「証」を書き残し、中でもパーキンソン病の二十年に及ぶ闘病体験は、同病で苦しんでおられる方には、お役に立つのではないかと思い立ち、本書を出版しました。内容はすべてノンフィクションです。

そんな拙書を最後まで読んで頂いた読者の皆様、そして本書の出版費用を募金して頂いた友人知人の皆様に心より感謝申し上げます。有難うございました。

二〇一六年八月

主な参考文献

1パーキンソン病関連
書　名　パーキンソン病を治す本
著　者　安保　徹　（新潟大学医学部教授）
　　　　水島　丈雄　（水島クリニック院長）
　　　　池田　国義　（池田神経内科クリニック院長）
発行所　（株）マキノ出版

2脳深部刺激（ＤＢＳ）療法関連
1　ホームページ　パーキンソン病ＤＢＳ
　　責任者　東京大学医学部付属病院　辛　正廣
2　ホームページ　脳深部刺激（ＤＢＳ）療法
　　責任者　名古屋市立大学付属病院　脳神経内科

出版募金者リスト（二八名　敬称略）

篠田　和典
鈴木　勉
高柳　庄作
小池　妙子
一木　良二
根来　哲
中川　雅江
鹿　久夫
柳原　史子
小田木　健治
村松　好行
城森　幸雄
小山　忠男
井上　重喜
粟野　哲之
和田　仁志
大野　勉
中西　達夫
加藤　吉隆
大村　光毅
横原　健吉
渥美　欣也
飯田　朋尋
高倉　一夫
大村　真由美
落合　理
落合　淑子
阿隅　俊一

著者プロフィール

外山 貞文

一九四七年　静岡県に生まれる。
一九六五年　ヤマハ（株）入社。
一九六八年　静岡工業短期大学部機械科卒業。
一九九六年六月　ヤマハ（株）を退社、
同年六月に大手電気機器メーカー入社、
二〇〇〇年七月に大手電気機器メーカー退社。
一九九七年（五〇歳）パーキンソン病を発病。
元中小企業診断士、元社会保険労務士、
現在「静岡パーキンソン友の会」会員

団塊オヤジのパーキンソン病体験記
パーキンソン病は怖くない

2016年10月21日　初版第１刷発行

著　者　外山 貞文（とやま・さだゆき）
発行所　ブイツーソリューション
〒466-0848 名古屋市昭和区長戸町4-40
電話 052-799-7391　Fax 052-799-7984
発売元　星雲社
〒112-0005 東京都文京区水道1-3-30
電話 03-3868-3275　Fax 03-3868-6588
印刷所　藤原印刷
ISBN 978-4-434-22506-2